JN259665

詩あきんど
其角

別所真紀子

幻戯書房

傾廓　時鳥あかつき傘を買せけり　キ角

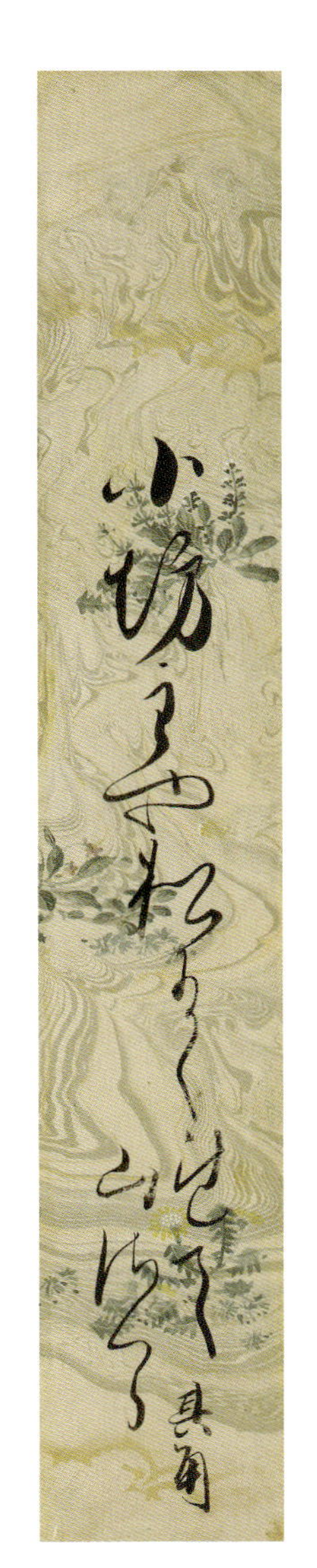

小坊主や松にかくれて山ざくら　其角

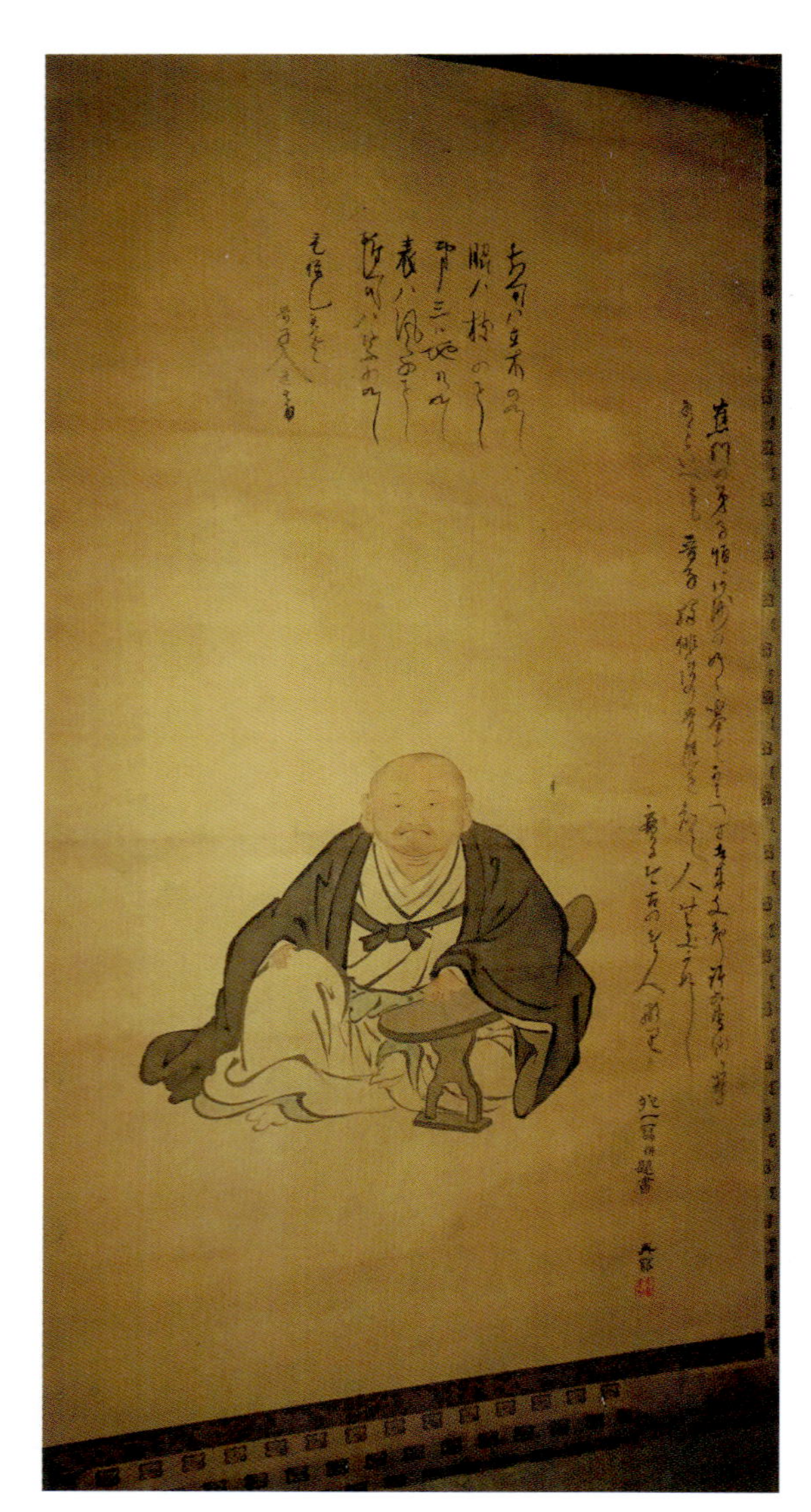

其角像

目次

詩あきんど　其角

第一章　なきがらを笠に隠すや枯尾花

「晋子か」

浮き出た骨格に斑入りの杉原紙を貼りつけたような顔の、乾いた裂けめの唇から低くその声は発せられた。

其角は胸を衝かれた。あっ、と声をあげた何人かの顔ぶれはろくに見もしないで、黒羅紗の南蛮合羽を脱ぎ捨て、息を切らせたふうに病床の枕辺に坐ったとたん、もういけない、と思ったのだった。去年亡くなった父東順の死相の表われた顔と、いま眼前にある師翁の顔が重なって見える。

父は七十二歳といういたし方もない年齢であったが、芭蕉翁はまだ五十歳というのに父と同じような衰えかたである。

「はい、晋子が参りましたぞ」

わざと明るく大きな声を出す。晋其角と名告(なの)っているのを晋子と呼ぶのはごく親しい者だけである。

「晋子が参りましたからには百人力、病魔なんぞ退散させてごらんに入れますぞ」

芭蕉の頬と唇がかすかに動いた。

——あの苦笑だ。見透かされている。

声を立てもせず歯も見せず、しかし微笑とも苦笑とも冷笑とも、その頬と唇の動きだけで其角には判ったものだった。

——よろしい、ようできた——という胸に灯がともるような微笑、——またそんなことを——と言いたげな苦笑、——それが何だ——と切り捨てる冷笑。何しろ十四の年から途切れ途切れではあったが二十年も付き合って来たのだ。いま「心にもない事を」とその表情が告げている。其角は後の言葉が続かなかった。また乾いた唇が開く。

「よう……間に合うて……くれた」

そう聞えた。

「はい」

二の句が継げずとはこのこと、不覚にも瞼(まぶた)の裏が熱くなってくる。

「ほんに」

「まことに」

蒲団の向い側に座った二人が口を揃える。

向井去来と川井乙州（おとくに）であった。次の間に四、五人いるがすぐ顔が判るのはこの二人。去来も乙州も江戸へ下ってきて一座したことがあり、以前の京洛行脚の際は去来の家に泊りもした。大津駅伝馬役の乙州には往還のたび世話になり、母刀自というが実は姉の智月とも馴染み深い。

「紀州へ便りを走らせましたが、それが間に合いましたか」

乙州が尋ねる。

「いや、それは見ておらなんだ。行き違いになったものとみえる。紀州からは船にしましてな、昨夜は堺泊り、今日住吉の辺りで翁の病いと聞いて駈けつけた次第」

「ああ、船で。なるほど。飛脚に街道で行き合うこともあろうかと、このような人体（にんてい）のお方と言い含めておきましたが」

乙州はうなずいた。温厚な人柄でよく気の廻る性質（たち）なのだ。大津の智月は早くに芭蕉と知り合って入門、ひとかたならぬ身の入れようで過ぐる元禄四年には、屋敷内の庭に新しく庵を建て芭蕉の越年を迎えたと江戸まで聞えた。

人に家を買はせて我は年忘れ　　芭蕉
大津絵の筆の初は何佛

とある歳旦帖が其角にも届いたことだった。

「これを」

見よ、というのだろう。枯木のような腕が出て蒲団の衿を叩いた。絹蒲団である。

「ああ、去る五日には光明遍照寺の李由上人が見舞に見えましてな。この蒲団をせめてものことに、と」

去来が言う。病衣も新しくさっぱりとしている。各々が心尽しなのであろう。

「おお、それ。このたびは岩翁亀翁父子ほか一行六人で曽遊したのだったが、皆から見舞いをことづかっております」

懐から袱紗包(ふくさづつみ)を取り出したが、芭蕉は手を振って次の間へ行けというふうであった。

枕屏風を廻し香を炷(た)きしめてあったが、かすかに異な臭いが漂った。

「支考(しこう)が帳付をしております」

乙州が立つと、去来も、

「お疲れでござろう、まず茶など一服」

立ち上って次の間を差す。同時に、控えている誰かへかすかな身振りをした。年若なひとりが立って病間に入ってくる。手に襁褓(むつき)らしいものを持っている。それと察して其角も出ると間の襖が閉められた。耳元で「泄痢が激しうて」と去来が呟く。

次の間の勝手寄りに皆集まると改めて挨拶を交す。各務(かがみ)支考、内藤丈草(じょうそう)、広瀬惟然(いぜん)、水田正秀、望月木節は見知っている。

商人らしい身なりの男は之道と名告った。初めて会うが先年『あめご』なる撰集を上板、其角先生にもお送りしてご返事を頂いたと頭を下げる。其角は忘れていたが頷いた。そして茶を淹れてきた若い者を、自分の門人で舎羅、病間に入ったのが呑舟で汚れた仕事や水汲みなどつとめてくれていると、少し誇らしげに言う之道に、なるほど、酒堂が遠慮するわけだと思った。

住吉大社で会ったのは浜田酒堂であった。以前珍碩と称して膳所で医を営んでいたのが酒堂と改名して大坂に移住している。一昨年の秋から昨年初めまで江戸へ下り、芭蕉庵に食客となって江戸蕉門と風交を結び『深川集』を上板、其角も引き合わされたが、どこか野放図な性情と酒好きが一致して親しみを持っていた。大坂移住の知らせにいずれ訪ねると返事していたから、堺に着いてすぐ飛脚を走らせ住吉大社で落ち合うことにしていたのだった。ずっと待っていたらしい酒堂から翁の病状を聞いたのである。御堂前の花屋の別墅に道案内はするが自分は顔を出さぬと言う。

「あの之道めが師翁に泣訴してなあ」

芭蕉が奈良で重陽の節句を過し、大坂へ向ったのはそもそも之道の訴えがあったからで、その訴えというのは酒堂に門人を奪われたということらしかった。同じ蕉門でも酒堂は元禄三年に『ひさご』集を編んで世に問うており、『酒落堂記』なるものを出していて之道とは力量と世評の違いがある。之道の有力な門人が何人か誘ったわけではないのに移ってきた。芭蕉が取りなして以後之道門であった者は受け容れぬと約して、仲直りの一座も持ったのだったが、九月晦日からの師翁の発病で之道はまず自宅へ引き取り、ついで薬問屋の我家は騒々しいからと花屋の別墅を探し出して、若い者二人を看護に当らせた。移住してきてまだ地縁も浅い酒堂にはできないこと、一度見舞には行ったが彼奴はしたり顔で何しにきたと言わんばかり。儂はもう行かぬ、芭蕉庵での半年足らずの日々に今生の思いは尽した、と案内の道筋喋りつづけて酒堂は去ったのだった。

あまり物にこだわらぬ朗(ほが)らかな男なのだが、弟子同士ともなれば競い合いは避けられぬのであろう。酒堂はその野放図なところが芭蕉に気に入られていたようだ。其角自身は師翁として敬し親しんではいても、とても半年近く一緒には住めないと思う。いや昔の事だが半日の講義も辛気くさくて嵐雪(らんせつ)と逃げ出したことがあった。

そのとき、只今戻りました、と十二、三の子供が帰ってきた。菜っ葉が覗いた籠を提げている。其角は、

「おお、次郎兵衛ではないか」

つい声をあげた。「はい、其角さまお出でになったのですか」と子供も嬉しそうな声でにっこりした。久しぶりに江戸の知り合いの顔を見て嬉しかったのだろう。寿貞尼の上の息子で母に似た優しい面差しである。

日はとっぷりと暮れた。火鉢をかこんで一同茶を喫しながら交々(こもごも)にこれまでの様子を話してく

れる。ここは支考が独擅場で、伊賀からの道程、発病以来のあれこれ、師翁に頼まれて書いた遺言状、そして辞世とは申されなかったがと、書き留めの短冊二枚。

　旅に病で夢は枯野をかけ廻る
　旅に病で枯野をめぐる夢心

「どちらが良いかと申されても、熱も高うてほとほと絶え入られんばかり。夢は枯野をの方よろしからずやと申しあげた次第」

　支考に遺言状その他書き取らせられたのは師翁の気配りだ、と其角は思った。自分より三つ四つ年下だが蕉門に入ったのは遅い。色浅黒く角ばった顎、非常に理路整然と論を述べる男で冴えた頭を持っているが、それをひけらかすところがあって、古参の弟子達の評判は悪かった。いまも物事の説明は順序よく話すが、かくのごとく師翁に信頼されていると言わんばかりなのが難である。

「ふむ、津の国の難波の春は夢なれや芦の枯葉に風渡るなり。翁は終のときまで西行上人を慕われたのだな」

　其角は胸に迫るものがあった。

「さよう、どのような夢を見ておられるのであろう」

去来が頷く。春の、花の上野か浅草か、あるいは、さまざまの事思い出す桜かな、と詠まれた伊賀であろうか、いやところは難波、たまたまながら宿は花屋、と話が弾んだ。皆俳諧となると目の色が違ってくる連衆たち。

芭蕉はまた支考に、大井川での自句を覚えているかと聞き、「大井川浪に塵なし夏の月」でしたと答えると、あれは先ごろ園女(そのめ)亭での発句と似ているから直したい、と、

清瀧や波にちり込む青松葉

に定められた、生死の境に身を置きながら発句すべきではない、佛の妄執と戒められることではあるが此道だけに縋(すが)ってきた、もはや俳諧を忘れんと思う、「そのように申されまして」支考は書き留めの帳面を繰りながら言った。

「ほう、それは、それは」

他の者はすでに聞いているらしく黙っている。其角はいかにも芭蕉らしいと内心苦笑した。師翁と其角の作風は異っている。一昨年であったか路通が撰集『俳諧勧進牒』を上板するに当って序文を請われたのへ、

「誹諧の面目何とさとらん、はいかいの面目はまがりなりにやつておけ。一句勧進の功徳はむねのうちの煩悩を、舌の先にはらって即心即佛としるべし。句作のよしあしはまがりなりにや

つてをけ。げにもさうよ、やよげにもさうよの」

と筆を遊ばせ、乞食僧を以て任ずる路通は気に入ったようだったが、世評は非難が多かったものだった。胸の裡の思いを舌先に拂えば即時即座、のちの推敲を其角はしない。それは自分の名を惜しまない、後世を信じていないということでもあった。死ねば無、生も無だと思う。

だからといって芭蕉の砕骨裂腸の句作りを否むわけではない。確かにこの翁の句はのちのちの世まで遺るであろう。芭蕉は世の人々を信じているのではない、裡なる詩神に対して舌頭に千転せずにはいられないお人。それはそれでよい。師は師、おのれはおのれ。不思議にそのことを一番よく判ってくれているのも芭蕉なのであった。その翁が命旦夕に迫っているのを眼前にして、其角はしみじみと淋しかった。

呑舟が庭から廻って入ってきた。病間の椽側から出て下の始末をしてきたのだろう。

「木節さま、お呼びでござりまする」

髪に白いものが混じり初めた木節が立つ。大津の医者である。

惟然が次郎兵衛に声をかけて夕飯の支度を始める。支考が帳面を出す。見舞の金品が記してあるのだ。其角も住吉で別れた西遊の一行からのと自分のも合わせて五両、ほうこれは、と支考が喜んでいる。見渡したところ懐中に余裕のありそうなのは乙州と正秀くらいである。正秀は膳所か堅田の町年寄とか聞いている。去来は父元升も兄元瑞も儒医であり堂上へも参る家柄であるが、去来自身は主取りせず俳諧に遊んでいるから裕福とは言えない。門人たちの見舞金で諸拂いを遣り繰りしているようだった。

「皆の衆」

木節が病間から出て重おもしく言う。

「もはやあれこれと薬も食も攝らぬ、この老が煎薬にて唇を濡らすのみ、と仰せられまして」

では、すでに入寂の心がまえをしていられるのか。一同声もなかった。

「木節老の診られるところでは」

「さよう、今日明日かと存じます」

皆が交替で夜伽をしようということになった。

惟然と次郎兵衛が支度した夕飯は、芋粥に菜っ葉と飛龍頭(ひろうす)の炊き合せ、梅干、塩昆布、金山寺味噌という簡素なもので、

「其角どののお口には合わんでしょうが」

惟然が言うのへ、

「いやいや、紀州堺と魚尽しでしてな、久しぶりに口中洗われる気がいたす」

それは其角の本音であった。このたびの西遊は千山(せんざん)こと紀伊國屋文左衛門の斡旋による。紀文は紀州での威勢は大したもので御馳走責めであった。一行のうち岩翁、亀翁父子は多賀谷長左衛門と代々名告る幕府御用の桶など納める富商、紀文の材木を仕入れるところから交わりは深い。其角は自分の懐をいためることもなく大船に乗った気分の旅程だったのだ。生臭物のない粥の夕

飯はいっそすがすがしかった。一同はずっとこのような食事で看取りの日々を過していたのだ。

しかし、酒を切らしたことのない其角はそれが淋しい。

病床の枕元に行くと、芭蕉は薄く目を開けていた。浅く息をしてもはや幽明の境にあるごとき面差しである。

——よう、間に合った。

つくづく深い縁を思わずにいられない。

「和歌の浦の、吹井（ふけい）という辺りで鶴を見かけましてな」

「吹井より鶴を招かん時雨かな」と短冊に走り書きして見せると、

「よろしいな、鶴を招んでくれたか」

かすかに頰と唇が動いた。額の冷し手拭を取り換えると少し熱が下がったようである。

「皆にも句作りするように。今生最後の点をつけよう」

気力を奮い起した声音であった。その夜、一同が苦吟した発句は次のようなものであった。

うづくまる薬の下の寒さ哉　　丈草
病中のあまりすゝるや冬ごもり　　去来
引張てふとんぞ寒き笑ひ声　　惟然
しかられて次の間へ出る寒さ哉　　支考

おもひ寄夜伽もしたし冬ごもり　　正秀
鬮（くじ）とりて菜飯たかする夜伽哉　　木節
皆子也みのむし寒く鳴尽す　　乙州

心もとない行灯（あんどん）の明りでゆっくりと読みあげながら、其角は、出来はともかく師翁の看取りの日々がよく表われていると思った。煎じ薬の加減を見る土間は寒かっただろうし、粥の余りを啜り少ない蒲団を引っ張り合い、物言いや起居が粗忽で叱られたこともあろう。乙州の「皆子なり」とはこの師翁だからこそ言えることで、人惚らしとでも言おうか、さしてねんごろな応対でもないのに、一度会って言葉を交せば皆なつかしげに慕い寄ってくる人柄なのだ。

江戸ではむしろ其角の名が通っている。大名旗本富商の数寄者、千山に連れられて行く遊里でさえ其角の名は聞えが高いのを自負しているが、しかし「なつかしい」と慕ってくれる者がいるだろうか。自分でも情に溺れるのが嫌いで人付き合いはさばさばしている。だがこの師翁とは疎遠な月日があっても離れられなかった。一目会えば気が弾んで憂さも吹き飛ぶ不思議な翁なのである。

「いま、いちど」

繰り返して読みあげる。

「丈草、でかした」

と声があった。もう眠りに落ちる様子である。

その夜はしんしんと冷え、霜の降りるさまが肌で感じられるようであった。交替で枕辺に詰め、残りの者は仮眠したが其角は寝られなかった。一雫の酒も呑まずに眠りにつくことなど絶えてない日頃なのだった。それこそ蒲団を引っぱり合って横になっても眠りは訪れない。枕辺に坐っている方が落ち着く。

交替で夜伽に来る者と低い声でさまざま話し合う。去来が来て、

「おとついの夜であったが、幾分心神明らかなご容子だったゆえ、この後の俳諧は如何なりましょうか、と問うたところ」

と、帳面を披いて師翁の言を見せた。それは、「此道の吾に出て後三十余年にして百変百化す、しかれどもそのさかひ真行草の三をはなれず、その三が中にいまだ一、二もつくさざる」というものであった。「此道の吾に出て」とは、貞門・談林の俳諧を一新した蕉風樹立の自恃の言。それも後世の者にまた破られようというのが百変百化の見通しなのだろう。だが俳諧の骨髄は真行草と変らぬというのだった。

「ほう」

「皆々、涙しました」

向井去来は西国の俳諧奉行と芭蕉が名づけたことがある。もっとも師翁の信頼厚い人柄と才だった。貞享元年に其角が初めて京洛へ旅した際知り合って、芭蕉に紹介したのも昔のことである。

去来は妹千子と伊勢詣をしその折の俳文『伊勢紀行』を上板して芭蕉に送り、「東西のあはれさひとつ秋の風」の句と共に賞讃されてより、深く師翁に傾倒している。いっとき武士の家に養子に入ったこともあったが、実子が生れたため向井家に戻り父や兄の補助をしていたのに、今は俳諧一筋である。以前「稲妻やどの傾城と仮枕」などと洒落れた句を詠み、現に妻となっている可南女というのは島原の遊女だったと聞くが、近来真面目になる一方に見える。これも師翁の感化であろう。痩せ気味の躰に品の良い面長の顔が乗っている。

夜が白々と明けかかった。

去来が用足しに立ったあと、ふと見ると芭蕉は思いがけずくっきりと眼を開いている。

「晋子か」

声も少し確かになったようだ。はい、と答えて誰も近くにいないと見定め、耳もとに口を寄せて、

「住吉で酒堂に会いましたぞ。こちらへは遠慮すると申しておりました」

芭蕉はかすかに頷いた。頬のあたりがゆるんだ。そしてふと気付いたように其角の袖をつかむ。

「尾張へ、沙汰をしても、あれ、越人（えつじん）には来ずともよい、と」

少し息を吸いこんで、

「あれは、激し易い男で、な」

「はい、判りました」

其角はもう何年も会っていない越人を思い浮かべた。貧しいが美男子だった。凡兆が義仲寺で初めて対面したとき、「男振り水呑顔や秋の月」と越人に挨拶句を送ったことは芭蕉の便りで江戸でも評判になった。今業平（いまなりひら）とでも言いたい越後生れのこの男は、顔に似合わず直情径行で激し易い。芭蕉と更科の月を見たのち江戸に逗留して其角も両吟を巻いた。お互いに酒好きで気も合ったのだが、支考と合わず師翁からも離れていたのだった。

「尾張では、朝飯を食いに行った」

え、と聞き返そうとするとき、お目覚めでしたか、と支考、之道、正秀らが寄ってきた。そう言えばあちこちに便りを出さねばならぬ。皆せっせと存知よりへ文を出しているのだった。筆を走らせていると、

「身を浄めたいと仰せだ」

之道が言って、それ湯を沸かせ、盥は、とざわつく。

消える前にいっとき炎が立つようなことであろうか。朝になって沐浴を済ませた芭蕉はまた眠りに落ちたようだった。

次の間ではひそひそと相談が始まる。かねてより師翁は「わが亡骸は義仲寺に、木曽殿に隣したい」と仰せである、と支考が言い、義仲寺住職直愚上人にも許しを得てある。どのようにしてその志に添えるかが難かしい。

「此処は乙州どのに気張って貰うしかあるまい」

さよう、さようと皆が年若な乙州を見る。まだ二十歳を幾つか越えた若さであるが、伝馬役の鑑札を持っており、大坂商人とも荷物運送でつながりがある乙州に任せるほか手だてがなかった。

朝は昨夜の冷え込みが呼び寄せたように、きれいに晴れ上って陽が昇るとぽかぽかした小春日和になった。その暖かさに誘われたか病床の臭いを嗅ぎつけたか、時ならぬ黒蠅が障子をぶんぶん鳴らしている。そっと捕えようと細い枝に飯粒を練ったそくいを練りつけた鳥黐ふうの棒で追い廻す。何人かが競って捕えようとしているのを、いつの間にか目を開けた芭蕉が見ていた。薄く笑いを含んで、

「蠅取りにも、上手下手が」

と言いさしてまたうつらうつらするようだった。後で思えばそれが最後の言葉だったのだ。そのまま目覚めずに、

「呼吸の様子が変ったようだ」

見守っていた去来が言い、皆が枕辺に並んだ。其角は父の命終を看取った折と同じだと思い、ゆっくりした芭蕉の呼吸にいつか自分の呼吸を合わせていた。

次第に息と息の間合がのびて、次の息を見守る者は息をつめているうちに、大きな息がひとつ、次、と見ていて次はなかった。

「ご入寂でございます」

脈をとっていた木節が言った。

川風が冷たい。

淀川を遡る舟は間切りながらゆるゆると上流に向う。流れの早い所では引き舟道が片側にあって、太い引綱を人夫たちが引いてゆく。

舟を出したのは夜である。十人ばかり乗った舟の真中に長櫃（ながびつ）が置いてあり、笠と杖と蓑が載せてある。

芭蕉の亡骸を人知れず義仲寺へ運びこむため智恵を絞った結果だった。大坂の富商の急ぎの荷物、ということにして亡骸を納め上には着尺（きじゃく）など掛けてある。知り合いの商家に話して送り状を貰い、船番所に届けて舟の手配をし、引き舟人夫も船頭も確保したのは皆乙州の働きであった。というより他の者には出来なかった。諸拂、賃金の他に酒債（さかて）を弾まなければならぬであろうし、とても見舞金では事足らずすべて乙州の負担になったに違いない。

その乙州は蓑を着こんで舟べりに倚りかかり、ぐっすりと寝ているようである。舟には其角より年上なのが木節、去来、惟然、正秀で、年下は支考、丈草、乙州、呑舟と次郎兵衛。之道と舎羅は後片付のため残って明日義仲寺へ向う。

眠たいが眠れず、話したいことは山ほどあっても船頭の耳を憚かって何も言えない。死人を乗せていることを知られてはならなかった。ありがたいのは船頭の機嫌取りに酒瓶を持ちこんだことで、二日ぶりに其角は酒にありついて生き返った心地だった。野辺送りの前に不謹慎ではあるが、なに川風が酔を吹き飛ばしてくれる、こう寒くては身の裡から温めねば風邪引きだ、と一人で理屈をつける。

皆綿入れの上に蓑を着こんで縮かまっているので、乙州の「皆子也蓑虫声を鳴尽す」の句の通りに見えた。

しかし隣の去来は背筋をずんと伸ばしている。武士の家に養子として育っただけのことはあると其角は思った。

「そう言えば」

ふっと思い出して言ってみた。

「朝飯を喰いに行った、と申されたが何の事だったのか、後が続かなんだが」

「えっ？」

去来が不審げな顔をする。

「いや、今朝の明け方近く、あれは、尾張の越人の話のあと、そう洩らされたのだ」

「ああ、それは聞いております。前の五月に荷兮宅へ逗留されて」

前の五月というのは此の年閏年のため五月が二度あったからだが、芭蕉は疎遠になっていた尾張連衆を訪ねて旧交を暖め、大層な御馳走責めに会ったあと、貧しい越人の家にはわざわざ朝飯のために行った。

「何か工夫してうまい汁を喰わせた、と申しておられましたな。尾張も此度の大坂も弟子衆の悶着を解くためでお痛わしいことであった」

去来は、其角の耳の傍でそう言った。

尾張衆の疎遠の因(もと)は支考と聞いている。その他師翁の書き反故を拾って売りつけたことが露見した路通にも、見放すなと遺言があったそうで、其角は芭蕉の心遣いの細やかさに今更ながら胸を搏(う)たれた。自分にはそういうことは起きない、起きるような付き合いをしていない。

其角の許に寄ってくる連衆は江戸者が多く、知り合いが知り合いを呼んで蜘蛛の囲をめぐらす如く人数も範囲も広がっているが、皆さばさばとした付き合いだった。集まれば面白可笑しく遊ぶ。運座の後の遊興の方がはるかに熱心な者も多い。出入りしている大名の家来なども主の好みとあって入門してくるが、そんな連衆相手に俳諧の奥儀を語っても無駄というもの。このたびの関西曽遊に同行した岩翁、亀翁父子は見込みがある方だが、商売人であって俳諧師として立とうと志しているわけではない。判った上で費用は相手持ちの遊山だった。芭蕉の奥州紀行のように命をかけてのものではない。

——江戸者と在所育ちの違いかな。

そんなことを思ってみる。

朝方晴れ上って小春日和だったのが、少し雲が垂れこめて冷えてきたが、雲の切れ目から覗く十二夜の月は思いのほか明るくて川波がきらきらと光る。岸辺の葦原や背の低い灌木はそれと見えるが、遠くは闇に沈み、黒い大きな獣がうずくまっているようなのは百姓家であろう。灯火はひとつも見えない。

まだ夜が明けきらぬうちに伏見に着いた。船番所の灯りが目にしみる。乗り合いの皆が大きく伸びをしてまず長櫃をかつぎ出す。土を踏んでも軀が揺れているようで心許ない。

船番所へは陸駆けで早飛脚を走らせてあったとみえ、熱い番茶と握り飯が用意されていた。

手配をしている男はみたことのある顔で、川井家の手代と判った。大津から出迎えかたがた采配に来たのだ。

乙州はまた船頭への賃銀酒債など忙しくしている。

「乙州どの、お働き大儀でありましたな。おかげでここまで障りのう来られました」

去来が声をかけている。そうだそうだと皆も声を合わせてねぎらう。手配もであるが乙州が負担した支拂いは相当な額であったろうと思われた。

「ばばさまはどんな案配か」

手代に乙州が低声で聞いている。

「へえ、それがもう、身も世もあらぬお嘆きぶりで、おめいて泣かれて」

乙州の母の智月のことであろう。乙州は養子なので母といっても実姉である。うむうむと頷きながら乙州は丸顔を少しひそめていた。

漸く白々明けとなった伏見街道をいよいよ長櫃をかついで追分へ向わねばならない。

「先ず、それがしがかつぐ」

去来が言う。

「逢坂の峠あたりは若い衆に任せるとして、平地はわれらが」

と惟然を見た。年寄の木節と幼い次郎兵衛を除いた八人で交替にかつぐのだ。

「では後棒をそれがしが持ちましょう。一番古い付き合いゆえ」

其角は名乗りをあげた。どうせならまだ町も人も起ききらぬこの時刻がよい。知る者もない土地で気取ることもないが、江戸っ子の伊達が長櫃かつぎなど誰にも見られたくなかった。

長櫃には敷物を置いて亡骸を納め、上に芭蕉の着料や笠、杖、頭陀袋、そして万一開けられた時の用心に派手な娘物の衣装が掛けてある。あの痩せ細った躰なのだからさして重くはないと思いながら、肩当てをして後棒をかついだ其角は、肩にじんとくる重さを感じた。長櫃そのものが相当重量がある上に、人ひとりのもう呼吸していない肉体の物としての重さ。半里ほども歩くうちに其角にはその重さが芭蕉そのものの存在の重さとして身に沁みてきた。

櫃の中で生きた芭蕉が語りかけてくるような気がする。まだ前髪を落したばかりの十四の年に初めて訪ねた小田原町の二間の小家。

「よう参られた」

と笑顔で迎えてくれた芭蕉。二十年ほどの日月を即かず離れずの付き合いをして、今こうして亡骸をかつぐ。何とも縁の深いことだと思う。

――其角は正風に非ず、と連衆の誰彼のひがごとも聞えましたが、ほそりに於て蕉風に通ずなどと、庇って下さりましたな――

いつか其角は芭蕉と対談している気になった。声には出さないが確かに聞えてくるようだ。

――思うところを言うたまでだ。其角がいてくれて、其角なりの道を拓いてくれてよかったと思うておる――

いつか聞いた声。しかし今の其角には長櫃の中の芭蕉が、あの微笑を含みながら話していると信じられた。

――ひとりですべての手法を極めるわけにはゆかぬ。そちの野放図さが俳諧の広さを証してくれた――

――それがしは広く浅く、師は深く高く――

――だが、そちの付合は――

ああ、と其角は思った。自分らの付合は面白可笑しく言葉遊びのようなもの。芭蕉の付合にはどうしても叶わぬ。もっと深川の庵をさいさい訪ねて付合を頼めばよかった、近年は殆ど芭蕉との付合をしていない。あの『猿蓑』の世界を見せられたときの驚き。だからこそ『炭俵』のかろみとやらには反撥したのであったが。

――私の考えが浅うございました――

連衆の所為でもあるが、そもそも俳諧を究めようという連衆を求めてはこなかったのだった。

――其角は変りますぞ――

亡骸は答えてくれなかったが、あの頬をかすかに動かす微笑が見えるようだった。

肩が痛い。この重みと痛さは二十年間の自分の在り様の痛さなのだと思う。

一里まで耐えて代って貰う。重い物を持ったことなどない身はほとほと疲れていた。

「思ったより重うござったな」

去来も肩を撫でて言う。去来もその重さ痛さを師との年月と思って心で対話していたに違いない。夜が明け放たれた。

大津へ入ったのは午前(ひるまえ)であった。

義仲寺の門前には大勢の人が集まっていて、一行の姿が見えるとわらわらと駆けだしてきた。ああ、とか、おお、とか口々に声をあげて先棒後棒を肩代りする者、一行の手荷物を奪うように取って運ぶ者、何やら挨拶する者。門前で動かなかった紫の被布の尼姿は智月で、

「おお、おお、芭蕉さまがこの中に。何とお痛わしい、おお」

長櫃に取り縋って声をあげて泣く。すでに泣き腫らした顔に紅絹(もみ)の布を当ててひとしきり号泣したかと思うと、

「早う本堂へ。お連れの方々は無名庵の方に。これ濯ぎをもて、まず休息して貰わねば」と急にしゃんとして指図する。

義仲寺は琵琶湖の渚近く、境内も広くつねには清閑な所で、ひたひた寄せるかすかな波の音さ

え聞えるような風情であったが、この日は人が溢れ女子衆の姿も少なからず、それらが皆このちんまりした尼智月の指図で働いているようだった。

長櫃は直愚上人に迎えられて本堂に運びこまれ、其角ら一行は少し離れた無名庵に入った。この無名庵は正秀が新しく建て替えて師の仮住居に供したものである。

足を濯いで上がって座につくと、さすがに夜と半日の行程の疲れがどっと全身に覆い被さってくるようだった。午の膳が運ばれてくる。手焙りが配られる。一眠りなされませと夜具を持ってくる者もいる。立ち働く女子衆の中に、正秀や乙州の妻女もいるということだったが、取り立てて挨拶も交さぬうちに皆横になった。

後で知ったことだったが、湖南の連衆である臥高（がこう）、探志（たんし）、昌房（しょうぼう）は陸路を大坂へ見舞に駈けつけたのが行き違いになった、ということだった。また伊賀の連衆も大和路を越えて辿り着いたのにもう舟は出たあとだったという。

伊賀の連衆は見舞に間に合わず、永の別れを告げることの出来なかった口惜しさと共に、遺骸が義仲寺に運ばれて埋葬されることにも納得できぬものがあったろう。松尾家の菩提寺は確か伊賀の愛染院。父母もそこに眠っているのに、何故近江（おうみ）の義仲寺と不審を抱くのは当然だった。

其角はそれも一昨夜の寝ずの看取りのときに聞いている。

「亡骸は木曽塚に送るべし、此処は東西の巷（ちまた）さざ波清き渚なれば生前の契深かりし所、懐しき友連れの訪ね寄らんも便煩わしからず、と仰せがありまして」

乙州は必ずそういたしますと固く約したのであった。さればこその夜舟の手配であったのだろう。

確かに伊賀へは道が不便であり、大津は東海道上り下りに立ち寄り易い。しかし其角は芭蕉が自らの死後の墓参の便を思って木曽塚へ、と言ったとは思わなかった。それは差し障らない表向きのこと。心底は藤堂藩との縁を切りたかったからだ、と察している。

其角は二十年昔、日本橋小田原町に居を据えた頃の桃青を知っている。町代の卜尺(ぼくせき)や幕府御用達の大店のあるじ杉風(さんぷう)らが、伊賀から出て来たばかりの名もない俳諧師に何故入門したか、藤堂藩から蔭扶持を貰い、小石川水道の水番の役にすぐつけたこと、五年間に一度は伊賀へ帰らねばならぬこと、などなど。

甥の桃印が二十歳になってそのひそかな役目を代り、深川に隠棲してからの俳境のめざましい変貌ぶり。奥羽行脚に曽良を伴ったことも単に門人だからではなかったはず。

桃印が早くに亡くなって藤堂藩とは縁が切れたかに見えたが、藩下に葬られてはすっかりそのひそかな役目が忘れられるとは思えないから、生れ故郷を離れた一所不住の俳諧師としてのみ終りたかったのであろう。それは口に出して言うべきことではない。

一眠りして起きたらもう夕暮であった。雲が垂れこめてひと時雨来そうな空の下、風が冷たくなっていた。庭内に篝火が焚かれ、本堂に提灯が連なっている。

「其角さま、まあ、よう間に合われましたなあ。よほどの深い契りでございますなあ」

智月尼であった。若い女を従えていて、

「嫁のおれんでござります」

其角さまが喪主というわけだから旅衣のままでは憚りがある。紋服を支度したゆえ着替えて下され、という。おれんが風呂敷を広げて畳紙(たとうし)に包まれた紋服羽織袴を出した。

「あ、それがしが喪主とな」

「他にふさわしいお人はおられぬゆえ」

言われてみればそうであった。芭蕉の血縁は伊賀にしかないのである。

「去来どのは」

あたりを見廻すがその姿はなかった。

「去来さまは京から荷が届きまして、お着替えなされて本堂に詣られました」

着料を広げながらおれんが言う。よほどぐっすり眠っていたらしいと其角は驚いた。やはり一昨夜からの不眠がこたえているのだ。

紋服は智月の亡夫のものでもあろうか、光沢のある重目の羽二重の立派なものであった。其角は、このたびの曽遊は気楽な行き先ばかりと思って着替は用意していない。結城紬の長着に黒銘仙の綿入れ羽織、羅紗の南蛮合羽、裁着袴(たつつけばかま)という出で立ちで下着の替えだけ信玄袋に詰めている。

おれんの介添えで着替えるとさすがに気持が引き締った。

本堂では、北枕の芭蕉の遺骸の傍らにもう衣服を改めた去来、正秀、乙州、僧衣の丈草、惟然、支考も僧衣を着て並んでいた。そう言えば支考は美濃のどこかの寺で修行していたと聞いたことがあった。

義仲寺はもともと何か宗派の寺ではない。言い伝えでは巴御前と見られる由緒ありげな女人が小さな塚と堂を建てて塚守をしていた、それが義仲寺の初まりというのだった。今は三井寺の末寺のようになって直愚上人も数多い宿坊のひとつから来ているが、常住しているわけではない。檀家も門徒もいないし宗派もわからない。

従って本堂は狭く古びているし続きの庫裡も形ばかりのものである。その狭い本堂にびっしりと人々が詰めており、女人の姿も少なからず見える。

直愚上人の読経が始まり、其角以下順番に焼香をした。芭蕉の菩提寺愛染院は曹洞か臨済であったと思ったが、経は般若心経であった。この経は宗派を問わないし皆が唱和することが出来るのである。

遺骸の顔は白布で覆われていたが、今一度お顔を拝したいという声があがり、支考が進んで白布を取り順番に皆が拝んでたいてい泣き出した。其角には見知らぬ者ばかりであった。

まあ、見違えるほどに痩せられて、とか、お痛わしい、ここで年越された折は御達者に見えたのに、と囁き交す声も聞える。湖南に逗留していた頃の芭蕉の身辺は賑やかだったらしい。

最期のご様子を聞かせてほしい、という者がいて、それも支考の独壇場だった。伊賀を出る際に兄の半左衛門が、もう今生の別れかも知れぬとくれぐれも弟の介抱を連衆に頼んで、一行の姿が見えなくなるまで見送りに佇ち尽していた、という件りでは嗚咽が漏れた。奈良から大坂への日にちに芭蕉が案じた発句を読みあげると、手帳と矢立を出して書きつける者もいる。

其角は黙然と坐していた。眼前にある師の亡骸、それはもう師ではないと思う。魂はそこから飛び立って乾坤のあはひを漂うているのではないか。其角にとって芭蕉の存在はあの長櫃をかついだ肩の痛みとして軀が記憶しているのだった。

人々が去り、残って不寝の夜伽のあいだに話し合われたのは、師翁の終焉記を誰が書くか、追善俳諧を何時巻くかということだった。

支考が、

「先ほど読みあげた通り、日記を書き留めておりますが」

と言ったが、誰も頷く者はおらず、

「やはり其角どのに」

去来がはっきりと言い、さようさようと声があがる。残った者は湖南の連衆たちで支考とはあまり付き合いがない。

其角は江戸で生れ水道の水で産湯を使ったが、父東順は堅田出自である。湖南は父祖の地というわけで元禄元年には年老いた父の姉を訪ね、湖南の連衆とも付合をしている。見知っているのは数人に過ぎぬが、其角の名と評判はよく聞えているようだ。

追善俳諧は初七日の十八日、伊賀、大垣、彦根あたりからも馳せ参じる連衆がいるだろう、皆追善に加わりたいはず。初七日までは無名庵に籠って師翁を偲ぶ、と定まった。

翌十四日、葬儀が営まれた。木曽塚の隣に穴は掘ってあり、早桶も用意されているが埋葬は遠方から駈けつける者のことを考えて夕刻とした。殊に伊賀の衆はひと目会ってその唇を濡らしたいと思うであろう。

時折雨のぱらつく寒い日でよかったと其角は思った。これが三伏（さんぷく）の夏でもあれば即日埋葬せねば腐臭が漂う。遺骸の周りは香が炷きしめてあって、三日めといえど不浄の臭いは抑えられている。

平田の光明遍照寺十一世住職李由（りゆう）上人が朝から詰めて、絶え間なく読経しているところへ、一時師翁とは疎遠になった堅田本福寺の千那上人もやってきてそれに加わった。どちらも真宗なので阿弥陀経や観無量寿経である。驚いたのは弔問の人の多さだった。引きもきらず、という言葉そのまま。記帳していた者がのちに数えたら三百余人であったのだ。

夕刻、伊賀から土芳（とほう）と卓袋（たくたい）が漸く辿り着いた。挨拶も永の別れもそこそこに、智月と乙州の妻が縫った経帷子をまとった遺骸は早桶に納められ、木曽塚の隣りに深く鎮められていった。

折から暗い空は時雨模様であった。

「はなやかなる春はかしら重くまなこ濁りて心うし。泉石冷々たる納涼の地はことに湿気をうけて夜もねられず朝むつけたり。秋はたゞかなしびを添る腸をつかむばかり也。ともかくもならでや雪のかれ尾花と、無常閉関の折〳〵はとぶらふ人も便りなく立帰りて、今年就中（なかんずく）老衰なりと嘆きあへり。

抑此翁孤独貧窮にして徳業にとめること無量なり。二千余人の門葉、辺遠ひとつに合信する因（ちなみ）と縁（えにし）との不可思議いかにとも勘破しがたし。天和三年の冬深川の草庵急火にかこまれ、潮にひたり苫（とま）をかつぎて煙のうちに生のびけん、是ぞ玉の緒のはかなき初め也。爰（ここ）に猶如火宅の変を悟り無所住の心を発して、其次の年夏の半ばに甲斐が根にくらして、富士の雪のみつれなければと」

師翁の位牌の下で其角は「芭蕉翁終焉記」の筆を走らせていた。

位牌といっても、戒名はやはり菩提寺でなければと直愚上人は言い、もっともなことであるので単に「芭蕉翁」とのみ書かれた白木の仮位牌である。

あれもこれもと書きたいことは思いつくが、初七日の法要に読みあげる心算であり、江戸の自宅と違ってこれ迄の撰集や書簡、自分が一日も欠かさず書き留めている日記など全くないので、すべて記憶が頼りである。しかし其角は句作も同様だがあまりくよくよ思い悩むたちではない。思いつくままに筆を走らせる。

まず定法通り四季を書きながらこの一年の芭蕉の衰えぶりをあげ、昨六年の夏、閉関の説をかかげて付き合いをとめた事、連衆の嘆きを誌す。「ともかくもならでや雪のかれお花」の発句は、元禄四年初冬に京洛湖南から三年ぶりに江戸に戻った折のもので詞書がある。

よの中定めがたくて、此むとせ七とせがほどは旅寝がちに侍れ共、多病くるしむにたえとし頃ちなみ置ける旧友門人の情わすれがたきまゝに、重てむさし野にかへりし頃、ひとびと日々草扉を音づれ侍るにこたへたる一句

ともかくもならでや雪のかれお花

奥州行脚に出立の際、芭蕉庵は人に譲ったので、一時入っていた橘町彦右衛門店(だな)を訪ねた折のことを思い出す。旅から旅の月日を過していた芭蕉の少し日に灼けた痩せた容子にびっくりしたものだった。そういえば、あの奥州道の記を素龍(そりゅう)に清書させて伊賀の兄者に贈ると笈(おい)に入れられた、と支考は言っていた。早く読みたいものだが、と其角は思いながらともかく終焉記を書き進める。

焼跡に皆の寄進で庵が建ち一株の芭蕉を門人の李下(りか)が植えた。「芭蕉野分して盥に雨を聞夜哉」の吟ありそれから芭蕉と名告るようになったこと。そうだ、その頃だったと。

「――その比円覚寺大巓(だいてん)和尚と申が易にくはしくおはしけるによりて、うかがひ侍るに或時翁が本卦のやうみんとて、年月時日を古暦に合せて筮(ぜい)考せられけるに萃(すい)という卦にあたる也。是は一もとの薄の風に吹かれ雨にしほれてうき事の数々しげく成ぬれども、命つれなくかろうじて世にあるさまに譬へたり。さればあつまるとよみて、その身は潜(ひそか)ならんとすれども、かなたこなたよ

り事つどひて心ざしをやすんずる事なしとかや、信に聖典の瑞を感じける。」

其角は十五歳の時から易経を筆写し、大巓上人にも易を教わった。芭蕉の本卦が萃と出たのは実によく当っている。その折はまだ判らなかったのではあるが。

六十四卦に「沢地萃」があり、ひとびとが集まって何事か成し遂げる易。先祖を祀り政ごとの効ならしめる卦である。水辺の葦枯野の薄のようにはかない生ながら成し遂げたものは大きい、というのが師翁にぴたりと嵌まっていた。

そのほか、其角が終焉記に引用した翁の発句は、

花の雲鐘は上野か浅草か　貞享四年
露とく〳〵心みに浮世すゝがばや　貞享元年
狂句こがらしの身は竹斉に似たる哉　同
住つかぬたびのこゝろや置火達　元禄三年
病雁の夜さむに落て旅ね哉　同
鶯や筍藪（たけのこやぶ）に老を鳴　元禄七年
旅に病で夢は枯野をかけ廻る　同

などである。

「――元来根本寺仏項和尚に嗣法してひとり開禅の法師といはれ、一気鉄鋳生いきほひなりけれども、老身くづほるゝまゝに句毎のからびたる姿までも自然に山家集の骨髄を得られたる有がたくや。さればこそ此道の杜子美也ともてはやして、貧交人に厚く喫茶の会盟に於ては宗鑑が洒落も数のひとかたに成て、自由体放狂体世挙つて口うつしせしも現力也。凡篤実のちなみ風雅の妙、花に匂ひ月にかがやき柳に流れ雪にひるがへる。須磨明石の夜泊、淡路島の明ぼの、杖を引はてしもなくきさかたに能因、木曽路に兼好、二見に西行、高野に寂蓮、越路の縁は宗祇宗長、白川に兼載の草庵、いづれも〳〵故人ながら芭蕉翁についてまぼろしにみえ、いざや〳〵とさそはれけん行衛の空もたのもしくや」

十六日には、曲翠が幻住庵を見に行こうと言うので何人か連れ立って足をのばした。幻住庵は曲翠の伯父幻住老人が建てた草庵で、国分山中腹にあり、元禄三年四月六日から七月二十三日まで芭蕉はこの庵で過した。その折薪水(しんすい)の労をとったのが支考である。『猿蓑』に添えられた「幻住庵記」は、練りに練られた俳文で、訪れた者の発句も「几右日記」として付されていて、其角はよんどころないことながら自分の句の入っていないのを口惜しく思ったものだった。しかし、その代りというわけではなかろうが『猿蓑』の序文は其角が執筆したのである。あれは芭蕉翁の志だったのだと其角は思い当った。その頃すでに、其角は蕉風を外れたという評が立っていたのであった。

周辺の景物は「幻住庵記」に書かれた風景そのままだった。もっとも今は冬枯れの時季でその面影には想像を加えるしかなかったが、「先たのむ椎の木もあり夏木立」と詠まれた椎の樹は頼もしく葉を茂らせている。

翌十七日の夕刻までに、支考の日記や去来乙州の覚書を参考にしながら、其角は終焉記を書きあげた。

「――まねかざるに馳来るもの三百余人也。浄衣その外智月と乙州が妻ぬひたてゝ着せまゐらす。則、義仲寺の直愚上人をみちびきにして門前の少引入りたる所に、かたのごとく木曽塚の右にならべて土かいおさめたり。をのずからふりたる柳もあり。かねての墓のちぎりならんとそのまゝに卵塔をまねびあら垣をしめ冬枯のばせをを植て名のかたみとす。常に風景をこのめる癖あり、げにも所はながら山田上山をかまへて、さゞ波も寺前によせ、漕出る舟も観念の跡をのこし、樵路の鹿、田家の雁、遺骨を湖上の月にてらすことかりそめならぬ翁なり。人々七日が程こもりてかくまでに追善の興行幸にあへるは予也けりと、人々のなげきを合感して愚かに終焉の記を残し侍る也。程もはるけき風のつてに我翁をしのばん輩は是をもて回向のたよりとすべし。

於粟津義仲寺牌位下　晋子書」

筆を擱くと、こよりで仮綴じして位牌の前に供えた。賞めては貰えないだろうと思う。彫心鏤骨の文章とは言えぬ。が、これが、この怱忙の中での思いつくままの筆の走りこそ自分の本質なのだ、と其角は思った。そこを判ってくれていた只ひとりの人が芭蕉だったのだ。

翌十八日初七日の法要。集まったひとびとが皆口を揃えて、よくまあ最期の看取りに間に合われて、こうして後の事すべてを取り仕切られて、よくよく深い契でござりましたなあ、と言う。

追善俳諧興行の席には四十余人が並んだ。

宗匠は其角で脇宗匠が去来。居並ぶ連衆の中には尼姿の智月、水干（すいかん）姿の万星と素顰（そひん）も見える。

「芭蕉翁追善百韻興行、発句。

　なきがらを笠に隠すや枯尾花　　其角」

声を張りあげて二度朗誦する。皆がいっせいに筆を走らす。

前もって去来には匂いの花の座を、表八句の付合は最後の看取りをした者からと打ち合わせしておいた。付合一巻の中にはいわゆる位の高い句、月、花、折立などがあり、年長者熟達者、立机した宗匠などをそれぞれ配分するものであるが、四十数人もいて初対面がほとんどであってみれば定石通りとはゆかない。連衆の名を一ト通り揃えるだけでも大ごとで表八句までは粛々と付けねばならない。

　なきがらを笠に隠すや枯尾花　　其角
　温石（おんじゃく）さめて皆氷る声　　支考
　行灯の外よりしらむ海山に　　丈草
　やとはぬ馬士（まご）の縁に来て居る　　惟然
　つみ捨し市の古木の長短　　木節

洗ふたやうな夕立の顔　　李由
森の名をほのめかしたる月の影　　之道
野がけの茶の湯鶉待也　　去来

表八句はすらすら調い、酒がでる。俳諧興行では表の面が終ると酒肴をとることになっているのだった。まず位牌に献杯をしたのち其角の音頭で盃をあげる。さすがに精進ではあるが、あつあつの風呂吹大根、八ッ頭の煮ころがし、沢庵などが大鉢に盛って廻され皆ありがたそうに箸をつけた。立ち働いている女たちは乙州の妻や正秀の妻、他にも湖南の連衆の家人が総出であるらしい。

――若い頃は翁もよく呑まれたものだが。

其角は小田原町の芭蕉仮寓で酌み交した日々を思い出す。芭蕉もその頃はよく呑んだものだった。深川へ移ってからは酒も控え粗食に甘んじ、まるで在家の僧の如くの暮しぶりだった。自分の足が遠退いたのはそのあたりが気詰りだった所為かも知れぬ。もっと再々足を運べばよかった。もっと付合をすればよかった。今更ながら悔が残る。

初折の裏の花の座は智月尼。

世の花に集の発句の惜しまるゝ　　智月

多羅の芽立をとりて育つる　呑舟

そして二の折の折立は伊賀から駈けつけた土芳と卓袋。

此春も折々みゆる筑紫僧　土芳
打出したる刀荷作る　卓袋

二の折恋の座は、

一夜とて末つむ花を寝せにけり　素鞪
祭の留守に残したる酒　万里

と女人の付けを入れた。素鞪の「末摘花」は源氏物語を踏んでいるのであって、花の座の花ではない。湖南の長老の尚白や能役者の丹野や彦根藩の三百石禄を食(は)む許六(きょりく)なども次々と付け、匂いの花の座の去来。

青天にちりうく花のかうばしく　去来

巣に生たちて千里鶯　　正秀

と百韻満尾したのも夜に入ってからであった。

此の日、湖南の連衆の志で翁を鎮めた塚の上に卵塔が建てられた。これも戒名がないので「芭蕉翁」とのみ刻んだ巨石の塔である。

付合とは別に追悼句の短冊もまた文机に山を成した。

亡師ノ終焉ヲ傷シテ作レル句

忘れ得ぬ空も十夜の泪かな　　京　去来

啼うちの狂気をさませ浜鵆　　僧　李由

無跡や鼡も寒きともちから　　大津　木節

つゐに行宗祇も寸白夜の霜　　同　乙州

いふ事も泪に成や塚の霜　　膳所　昌房

暁の墓もゆるぐや千鳥数奇　　僧　丈草

一たびの医師ものとはん帰花　　彦根　許六

など十五人並ぶ次に、京の轍士は詞書を書いた。轍士は今年の春先、奥州行脚をするといって江戸に出、其角も歌仙を付け合ったのだった。芭蕉にも対面している。

一とせ翁の踏分けられし奥羽塞をめぐりて、人々よりの呈書をことづかり、道すがらものがたりておもひわたりたるに、古人に成給ふ。遺懐のあまりむなしき塚をうごかして泣。

きさかたを問ず語や草の霜　京　轍士
一夜来て泣友にせん鳴の床　同　風国
耳にある声のはづれや夕時雨　伊賀　土芳
悲しさも云ちらしたる時雨哉　同　卓袋
我真似を泣か小春の雉の声　大坂　之道
鹿のねも入て悲しき野山哉　僧　支考

十六日晋子を幻住庵にともなひて、翁のかくれ所といへる椎の木をみせて、いますごとくに俤をしたへる愁吟。

木がらしや何を力にふく事ぞ　曲翠
腰折て木葉(このは)をつかむ別れ哉　正秀
まぼろしも住ぬ嵐の木葉哉　晋子

二七日(ふたなの)までに寄せられた追悼吟は百十四人の句、中でも女人の作はしみじみと胸に沁みるものであった。

待ちうけて泪みあはす時雨哉　　江戸　かや女
打こけて指貫氷る泪かな　　大津　素鬘
なぐさめし琴も名残や冬の月　　同　万里
花桶の鳴音悲し夜半の霜　　京　可南

其角は自分の終焉記と追善百韻、追悼句をなるべく早く版木に刻みたいと思っていた。確かな書肆がある、京で版本にすれば配る手間が省ける。月が改って初の命日までは逗留する心算だった。

版下用に清書しているところへ、江戸の服部嵐雪から飛脚便が届いた。師翁の訃報を知らせた返事である。驚きや悲しみや其角が臨終に間に合ったことの奇縁などの他、早速江戸でも追善歌仙を巻く。嵐雪と天野桃隣（とうりん）、杉山杉風らで座を設けたらしい。そして初月忌までには桃隣と義仲寺へ行くとあった。

嵐雪は其角と殆ど時を同じくして芭蕉門に入り、『桃青門弟独吟二十歌仙』を共に編んだ古なじみの連衆である。杉風も同じくで桃隣は伊賀の生れ、芭蕉の遠縁に当り桃の字を貰っている。この嵐雪、桃隣が江戸の追善歌を持って来てくれれば充分重味のある撰集が出来るだろう。

江戸へ早飛脚を仕立て、二人を待ちながら清書する合い間に、伯母の墓へ詣でたりした。近隣に家ある者は皆帰ったので、無名庵には惟然と丈草が残った。この夏母を亡くして孤児となった次郎兵衛は、伊賀の土芳が連れて行った。父方の縁者がいるということであったが、心細げに別れの挨拶を告げるのが何とも哀れに見えた。これが芭蕉翁の遺児であれば連衆がこぞって守り育てるところなのだが。

嵐雪、桃隣が義仲寺に着いたのは霜月七日であった。江戸で巻いた追善四歌仙を携えてきた嵐雪は、其角の追善集の企てを聞くと、思うところを詞書にしたいと早速筆を取った。

「いつの冬か凩のうしろむきそめ、葛の葉のおもてみし秋より春にわたり、杖にさめ笠に眠り小蓑に病、つゐの浮世をなにはになして枯野にあそぶと聞え給ひし一句を今さらのうつつになしぬ。其角はさる契ありてや生前のたいめ（対面）後の事までとりおさめつかへけり。遠き境の人はいまだしり及ばずや。江都と心ざしをつくせるたれかれところ〳〵に席をかまへて、追善興行のくさ〳〵袖に袂にひろひかさねて往に、歩みを忘れ富士もみず大井もしらぬ寒空かけて、霜月七日のゆふつ（夕月）くよ（夜）の程に義仲寺の塚上にひざまづく。空華散りし水月うちこぼす時、心鏡一塵をひかざれば万象よくうつる。此師この道にゐてみづからを利し他を利して終に其神不レ竭、今も見給へ今も聞き給へとて、

此下にかくねむるらん雪佛　　嵐雪拝」

桃隣のは短いもので、

「故人も多く旅にはつと、逆旅過客のことはりを、おもひよせて、
俤やなにはを霜のふみおさめ　　　　　　桃隣拝」

四座の歌仙には江戸中の蕉門が勢揃いであった。必ずしも蕉門とはいえない磐城平七万石内藤左京亮こと俳名風虎の次男、内藤露沾（ろせん）や水間沾徳（せんとく）も加わっている。嵐雪は別に雪中庵を名告って一派を立てているがその一門、其角の門人には入ったばかりの菓子商の娘秋色（しゅうしき）が紅一点で加わっていて、其角はひそかに喜んだ。付合の後の追悼句も諸方からのを合わせて七十六人。すでに清書したのに加えると実に二百二十二人の追善発句が並ぶことになった。京の老大家北村季吟からも届いたのだ。

氷るらん足もぬらさで渡川　　法眼　季吟
告て来て死顔ゆかし冬の山　　露沾
むせぶとも芦の枯葉の燃えしさり　　曽良
うらむべき便りもなしや神無月　　杉風
旅の旅つゐに宗祇の時雨哉　　素堂
落葉見し人や落葉の底の人　　沾徳
果は霜夢に逢にし芭蕉哉　　寒玉

十徳の袖はなみだの氷かな　　　秋色

芭蕉翁追善集の大体は調った。初七日までのものを上巻とし、江戸の四歌仙以後を下巻としよう。題箋は「枯尾花」、いや「枯尾華」とした方がよくはないか、などと考えながら其角は嵐雪、桃隣と共に京へ移った。住吉で別れた亀翁、岩翁一行とも落ち合い、初月忌追善興行の準備を去来と相談した。

霜月十二日、去来の手配で借りた丸山の量阿弥亭という貸席。集まる者二十一人、尾張から荷兮が馳せ参じた。山本荷兮は尾張俳家衆の筆頭でかの『冬の日』を出板した蕉風樹立の立役者でもある。其角は元禄元年二度めの西下の往き還りに荷兮宅に逗留したことがあった。荷兮はひとき蕉風を離れていたのだったが、今年五月芭蕉が尾張を訪れて互いの行き違いを水に流したと聞いている。師翁の死に当って皆、失ったものの大きさに驚き自らの偏りを悔いているようだった。

十一月十二日初月忌
　丸山量阿弥亭　興行

泣中(なくなか)に寒菊ひとり耐(こた)へたり　　　嵐雪

向上体を雪の明ぼの　桃隣
渋壁のひる間を遅く扇(あお)がせて　岩翁
車にはこぶ藪の畳(かさ)なり　晋子
簾売声に告たるほとゝぎす　亀翁
かし傘としれて大文字　横几
名月に持参の一種おもひ付　尺艸
折かへすほど広き桐の葉　松翁
ウ
白粉の鏡にかゝる秋の霜　去来
火燵ぶとんの引たらぬ仲　正秀
長谷越の山にあ(飽)いたる昨日けふ　曲翠

二つ折の中ほどで荷兮が「あたゝめさせよその薬鍋」と付け、一同が讃嘆し、去来や正秀が大坂花屋での師翁の病中を語る。
匂いの花は桃隣。

外(ほか)しらぬ琴を悲しむ花の前　桃隣
艸芳ばしき信の交り　横几

と満尾した。

清書の終った上巻を井筒屋へ渡し、江戸の巻も書き終えた其角は、嵐雪、桃隣を伴って去来の落柿舎を訪れた。そこで初月忌百韻の校合をする。ここでも師翁が一時逗留していた折の思い出話が四方山語られて、其角はその辺りに師翁の魂魄が漂っている気がした。

下巻の清書を渡したのち、義仲寺では六七日忌の追善歌仙を巻いた、と一巻が送られてきたので、見れば惟然が発句を起て直愚上人や智月も加わった出来のよい一巻。急遽「追加」として下巻に加えることにした。

其角が、出来上った『枯尾華』上下巻を携えて江戸に戻ったのは師走も終りの頃であった。

第二章　詩あきんど年を貪ル酒債哉

卯月である。砂埃を巻き上げるほどではない風が前髪をなぶってゆく。

雪駄をしゃらしゃら鳴らしながら、源助は気分よく照降町にさしかかっていた。晴れていて空に雲は往き来するがその切れ目に覗く色はもう夏の青さだ。

——夏だ、もうじきだ。

源助は寛文元年七月十七日の生れ、数え十四歳になる。七月が来ればこの鬱陶しい前髪を落して月代を剃る。大人になるのである。医者の家に生れたから侍のように元服とは言わぬが、一人前の男となる儀式ではあり源助は楽しみにしていた。

前髪立ちでは学塾の年かさの男たちが噂している吉原(なか)の覗き見もできない。塾は大円寺の僧坊のひとつで、初級と上級の二部制で行われる。源助は本来なら初級の年齢なので朝早くの組に入っていたが、講師の草刈三越は源助の非凡を認めて上級の組に廻された。塾生は旗本や御家人の次・三男が多く、家督を継げないから学殖を積んで売物とし、どこかに聟入りするほかないという連中。山門を出ると途端に話題は放恣になる。

時鳥が鳴いたのだった。山手にある大円寺の森からまぎれもないケッケッキョッキョと鋭い声。

ああ、と誰かが呟くと、

「君はいま駒形あたりほととぎす、とくらあ」

「あ、高尾か。たまんねえな」

「太夫じゃ手が出ない」

「太夫どころか格子だって」

などと吉原の噂になったのである。

「何ですか、その、君はいま、とか」

源助が問うと、他の者は顔を見合わせて笑い、お前には早いよ、無理だよ、と言いながら、吉原の大店三浦屋の高尾太夫の詠んだ句だ、と教えてくれた。

「君はいま駒形あたりほととぎす、ですか」

源助は感じ入った。

女郎にも位がある。太夫ともなれば懐にずしりと小判を抱いていなければ客にはなれない。それも三両五両ははした金、よほどのお大尽か大名か石高の多い旗本でなくては一目逢うこともできないのである。

噂をしている年かさの塾生にしたって、吉原で遊ぶわけではない。せいぜい顔見世の格子女郎を覗いてひやかすのが関の山、それだけに憧れは強いのであろう。

照降町は本来小舟町というのだが、下駄屋と雪駄屋が並んでいるため誰言うとなく照降町と呼びならわしたもので、源助の家は小舟町と背中合わせの堀江町、まさにその下駄屋の裏になる。江戸の町なかでは時鳥は聞かれない。代りに人の往来や大八車の雑踏があった。

照降町の中ほどに大きな菓子店がある。その店の角に来たとき、足元に色も綾な手毬がころげてきた。おや、と拾いあげると五彩の糸でかがった綺麗な手毬。かたかたと足音がして女の子が駈けてきた。うない髪の丸まっちい顔の五つ六つくらいの女の子である。下を見てきょろきょろしている。源助が拾っているのに気付かないのだ。

「嬢ちゃん、これかい」

少し腰をかがめて差し出すと、

「うん」

急に顔いっぱいに笑ってもぎ取るように毬をつかむ。

「おあきちゃん、おあきちゃん」

けたたましく呼び立てながら走り出てきたのは子守女だろう。脛の出た縞の着物に赤い前掛をして草履ばき、十を幾つもでていないような少女だった。

「あら、ま、毬が、拾って下さったんですか、おあきちゃん、表へひとりで出てはいけません、ておっかさまに言われてるでしょ。叱られますよ」

おあきというのがその女の子だろう、素直に手を引かれて店の方へゆく。

――妹も少し前まではああだった。

と思いながら源助が立ち去ろうとすると、

「あ、ありがとうござんした」

「あんがと」

背中へ二つの声が重なった。

長じて源助改め其角と名告り俳諧師立机したとき、このおあきが入門し小川秋色（しゅうしき）、嫁いでからは大目秋色として夫寒玉と共に自分の晩年の看取りまですることになろうとは、神佛ならぬ身の知る由もなかった。菓子店ものちに伊予大掾の名を貰って小網町に越すのである。

堀江町の家はさして立派なものではないが二階建てである。源助が生れたのは此の家ではなく、神田お玉ケ池だったと聞かされたが覚えていない。物心ついたのは此処の家だった。父東順は近江堅田の生れで、京で医術を学び膳所藩本多公侍医となり江戸に随行し、今下屋敷に詰めている。とは言え藩医は下屋敷だけで三人居るから、三日に一度宿直の番があるほかは気楽な勤めだ。

源助は父三十九歳、母三十一歳の折に生れた。ずいぶんと年のいった両親なのは、父東順が医学修習に年月を費やして妻を娶るのが遅かったからである。

源助は両親から宝珠のように可愛がられ大事に育てられた。というのも、母が出産の日とお七夜に霊夢を見たからであった。

人目には過ると見えてうろくづの数しら波の宝まふくる

お七夜

住吉の松を秋風吹からに声うちそふる沖津白波

いずれも古歌であるが夢でこうはっきり言葉が現われるというのは珍らしい。その上三十五日めには父も、

言(こと)のはをせとにも門にも植置ていづれやくにはたちつてとかな

という霊夢を見たというのだった。だから両親の源助にかける期待は大層なもので、六歳からの寺子屋を終えると十歳で大円寺学塾に入門したわけだった。源助は利発でその期待に応えるほどの非凡さはあった。大円寺では四書五経をほぼ習得したし、易学も修め、書は佐々木玄龍という江戸でも名高い書家について能くしている。その上父東順からは『本草綱目』を与えられて筆写をすすめているところ。これは医者になるには必須の勉強であるが、源助は実のところ勉学に少々倦(う)んでいた。

――ああ、何ぞ面白いことをしたい。

「おかえり」

「兄さま、おかえりなさい」

母と妹に笑顔で迎えられて、

「只今戻りました。大分夏めいてきましたなあ、大円寺では時鳥をききました」

「おや、それは耳福だったねえ、お腹が空いたろう、お茶漬けの支度をさせようね」

住み込みの小女と通いの洗濯女がいて、父の弟子というか薬籠持ちの若い者がいるが、これは藩邸に供をしている。弟はでかけているようだ。

「昔は朝夕二食だったものだがねえ、それで済んでいたのに、此の頃は昼もご膳いただくようになってしもうて、つい馴れて」

母が茶漬けの箱膳を前にして呟く、いつものことで、

「母さま、またおなじことを。もう百ぺんも聞いて耳にたこ、ねえ兄さま」

十一になった妹は遠慮ない口を利く。

「しかし、朝夕二食でよく働けたものですな」

「そりゃあ、ね、小昼飯ていうてお腹の足しになるものをあれこれ食べておりましたよ。費用から言えば茶漬けの方が手頃かも知れない。餅だの蕎麦掻だのと手もかかったし」

「ああ、飯の方が安上りと皆気付いたわけか。餅や蕎麦掻の方がよかったかなあ」

「ま、兄さま、昼食（ちゅうじき）とっても餅や団子召しているでしょうに」

あ、そうだった、と笑いながら冷飯に番茶、香の物、それに堅田の大伯母が毎年送ってくれる諸子（もろこ）の佃煮という簡素な昼食を済ませた。

さて、と源助は二階の父と共同の書斎にひっくり返って天井の節穴を見つめながら、誰か呼び出して広小路へでも行くか、と考えていた。『本草綱目』の写しはあと少し、大円寺では『詩経』を習っていて宿題の漢詩もある。が気が乗らなかった。源助はその気になれば筆は早い。漢詩の七言絶句など平仄（ひょうそく）を合わせてすぐ作れる。苦心苦吟することは滅多にないから真剣になれないのだ。


「君はいま、か」

高尾太夫の句を呟いてみる。すると未知の世界が華やかな色彩（いろどり）をもって遠くにあり、そこには血を湧き立たせる何かがある気がする。

『論語』はむろん諳（そら）んじているし漢詩のいくつかは吟ずるのは当然、難しい漢語もきちんと書けるが、四角い硬い石組に向い合っているような気がするのだった。

何がどうとははっきり言えないが、胸の奥にもやもやした塊が溜っていて膨れたり固まったりする。大人になれば、前髪落してひとり前の男として世間に出れば、と思う。何の方図があるわけではない。医学を修めて父の跡を継ぐという見通しのよい、平らかな道は用意されている。源助は父東順を敬ってはいるものの、父と同じ姿の自分はどうしても思い描けない。

外出（そとで）の支度をしたものの、さて何処へ誰と行こうか。近所の同年の者たちとは大円寺へ入学した時から疎遠になっている。商家の子が多いから十二、三にもなると長男は他店へ見習いとして修業に出されるし、次三男は丁稚奉公。学塾の仲間は番町麴町牛込などの武家町育ちで年の差もあり、遊び相手にならない。

――瀬戸物町にいってみるか。

立ち上ったとき下で賑やかな声がした。妹の遊び仲間が来たらしい。手習やお針の稽古仲間であろう。母は病弱で根をつめると癪が起きるため、習い事は外に行かせている。

瀬戸物町は瀬戸物屋が軒を並べていて、ひとり気の合う友だちが家で見習いをしている。源助より二つ年上、いっぱしの遊び人ふうの口を利き、いろんな世間の噂を聞かせてくれるのだ。母に声をかけて妹には見つからぬよう家を出た。

大名家御用達の裕福な店の跡継で遊里も覗いたことのあるらしいその息子に、高尾太夫の句は知っておるか、と聞いてみたかった。その男は不思議にも書を能くして、佐玄龍と呼ばれている書家に通っていたことから親しくなったのだった。商人としてはさほど能筆である必要はないともう止めてしまっているのだが。

雨が続いた。梅雨のさなかであちこちの路地に紫陽花が美しい。立葵が段々に花を上にあげている。立葵の花が咲き切ったら梅雨が終ると母は言うのだが、まだ蕾を二、三段残している。

その日、宿直明けの父東順は休みとあって、俳諧運座に出かけていた。付合（つけあい）という連歌を平らかにしたような遊びを父がたしなんでいることは知っていたが、源助はそれ迄あまり心を惹かれず、詠草を読んだこともなかった。

心が動いたのは先日、瀬戸物屋の息子と山王神社の門前町あたりで団子を食べながら、

「君はいま駒形あたりほととぎす。この発句を知っとるか。高尾太夫の」

「ああ、知っとる。もっと凄いのもあるぞ。恋死なばわが塚で啼けほととぎす、どうだ」

「えっ」

友が知っているのにも驚いたが、その発句にも目をみはった。それはやはり吉原三浦屋の花魁で源氏名を奥州と言い、今人気いちばんの才女なのだと言う。

「よう知っとるな」

「いやあ、親父が俳諧狂いでな、家で運座を催す。俺も先々花魁（おいらん）と付合なんぞしてみたいから見物してるのさ。まだ一座には加えて貰えんが」

「うちの親父も俳諧はたしなんでおるのに、そんな花魁の句なぞ聞いたこともなかったなあ」

「源助は漢字ばかりの学問しとるからだろう。ちいっとは柔かい字の方もやって見ろ。そのうち吉原（なか）へも上れるようになる。四角い字で文（ふみ）やるわけにもゆかんだろ。漢詩唸ったって、何か気味の悪い、うちは嫌いでありんすってもてないさ」

「お前はもう上ったのか」

「うん、えへへ」

瀬戸物屋の息子は元小町といわれた母親ゆずりの苦み走った顔をだらしなくにやにやと崩して、仕入れたばかりの廓の様子を心得顔に喋った。しかしよく聞いてみると惣籬、半籬、格子とある格付の一番下、羅生門河岸にある安直な見世に上ったたらしい。三浦屋、信濃屋、万字屋など大町と呼ぶ江戸町一、二丁目、京町、角町あたりは目の保養をしただけのようだった。

御手洗団子をかじりながら、源助はふと「生身」ということを思った。高尾や奥州の発句には生身のにんげんの生身のことばがある。漢詩は頭で作る。自分の本当の心を表わしてはいない。胸の裡にもやもやとある正体不明の塊はそのことかも知れない。

そこで、雨の夕方、機嫌よく戻った父が、「膳は出たから茶だけでよい」と長火鉢の奥に坐ったところを、

「父上、俳諧は面白うございますか」

と問うてみた。

「うん、あ、付合は面白いぞ。源助もやってみるか」

鬱屈していても座につくと心が晴れる、うまい付合が出来ると皆賞めてくれる、一座は身分も年齢も関わりない、第一金のかからぬ遊びだ、と楽しげに語る。

源助は父がそんなふうに言うとは思わなかった。幼い時から特別な子として期待されて学問書画にいそしみ、乾いた砂に雨が浸みこむように吸収して、それはそれで面白くもあり知る喜びも

あったが、霊夢という父母の経験がいつも荷のように肩に乗っていたから、あえて俗な遊びには興味をもたないふりをしてきたのである。俳諧をやってみるかなどと父が言うのは驚きだった。

「あれはな、何と言うても座に連なってまずやってみるものだ。百聞は一見に如かずだ。が」

と父は源助を見て、

「本草綱目は」

と聞く。やはりそっちか、とおもいながら、

「全部筆写いたしました」

写しあげて綴じてあると答える。

「なら、ひとつ面白いものを見せてやろう、儂も今日卜尺どのに借りたばっかりでまだ目を通しておらぬのだが」

そう言って立った父は薄い一冊の版本を持ってきた。

題箋は『貝おほひ』とある。

「卜尺どのの親しい宗匠でな、二年くらい前に小田原町の家作へ迎え入れたとか、京で知り合うたらしい。江戸の宗匠連とは毛色が異なるというか、遊び心が面白いから読んで見ろと貸してくれたのだ。何やら新風だということだ」

本草綱目の筆写が終ったなら息抜きにこういうものを見るのもよかろう、と渡してくれた。

卜尺というのは本船町に住む、日本橋川河岸一帯の町名主で父が折々出かける俳諧仲間である

ことは源助も聞いていた。

――息抜きとは、親父どのも案外気が利く。

などと内心ほくそ笑みながら源助はその一冊を持って二階の自室に入った。

雨は降り続いている。行灯の芯を立てて薄い本を披いてみた。

表紙には「貝おほひ、三十番俳諧合、松尾宗房撰」とある。「貝おほひ」はつまり貝合せのことであろう。歌合や貝合は古来からのことで源助も知っていた。それを俳諧発句で三十組六十句を撰したものなのだ。まず序詞があった。

小六ついたる竹の杖、ふし〲多き小歌にすがり、あるははやりこと葉のひとくせあるを種として、いひ捨てられし句どもをあつめ、右と左にわかちて、つれぶしにうたはしめ、其かたはらに、みづからがみじかき筆しんきばらしに、清濁高下を記して、三十番の発句合せを思ひ太刀折紙の、式作法も有べけれど、我まゝ気まゝに書ちらしたれば、世に披露せんとにはあらず。名を貝おほひといふめるは、合せて勝負を見るものなれば也。又神楽の発句を巻軸に置ぬるは、歌にやはらぐ神心といへば、小うたにも予がこゝろざす所の、誠をてらし見玉ふらん事をあふぎて、当所あまみつおほん神のみやしろのたぶけぐさとなしぬ。

寛文十二年正月二十五日　伊賀上野松尾氏宗房

釣月軒にてみづから序す

仮名文字の多い細めの筆使いは女手かと思うような優しい手蹟である。版下もこの松尾宗房だろうか。伊賀上野の人で天満宮に手向草としたとあるが、開板は江戸芝三田三丁目中野半兵衛肆だった。江戸へ出てから版に刻んだらしい。二年前のことである。

小六節は三味線や一節切(ひとよぎり)に合わせて唄う小唄。竹の杖は節と節の掛け合わせ。そして流行言葉などを種として作った句合せを「小唄にも予が志す所の誠」とはよくも言い切ったものだと源助は感心した。一番を読む。

左勝

にほひある声や伽羅ぶしうたひ初　　　　　三木

右

春の歌やふとく出申すうたひそめ　　　　　義正

左の句は匂ひも高き伽羅(きやら)ぶしの、うどんげよりもめづらかに覚侍る(おぼきはべ)。右もまた、春の歌はふとく大きにと云(い)ふより、まことに大音のほどもしられ侍れども、一声二節(いちこえにぶし)ともいへば、猶匂ひある声にときめき侍りて、仍(よつ)て左を為ㇾ勝。

こんな句や文章は目にしたことがなかった。伽羅ぶしというのは小唄ではないだろう。美しいものや粋なものを評するのに伽羅だ、と使うから、小粋な節廻しのことだろう。判詞の「匂ひある声にときめき侍りて」に、源助の胸はそれこそときめいた。小唄や流行言葉という俗なものを種にしながら、不意に雅びやかな色を見せられるようだった。

父が俳諧撰集を何冊かは持っていて、ちらりと目にしたことはある。もとより八代集や連歌集は読んでいるので、俳諧には心惹かれなかったが、この『貝にほひ』の句は少しも巧みとは思わぬけれども全く別世界を覗き見るような危うさ華やかさがある。源助は主に判詞を念入りに読んだ。知らない唄、聞いたこともない上方（かみがた）の流行。洒落と滑稽。

伊賀といえば山中（さんちゅう）としか覚えない。『諸国往来』は七ッ八ッの頃に寺子屋で学んだが、伊賀には何があったか覚えがない。本能寺の変のあと徳川（とくせん）公が伊賀越をして三河に戻ったこと、忍びの里であること、藤堂高虎が信任篤く家康公の臨終の席に呼ばれたこと、その知恵袋と称された金（こん）地院崇伝（ちいんすうでん）は藤堂家の婚戚であること、などは仄かに聞いていた。しかし山の中の不便な土地であることは変りないので、そんな土地でこんな洒落た撰集が編めるのは不思議だった。

撰者の宗房は九番と二十番に名があり、いずれも自分が負としている。

九番

左勝

鎌できる音やちょい／＼花のえだ　　露節

右
きても見よ甚(じん)べが羽折花ごろも　宗房

左、花の枝をちょい〳〵とほめたる作意は、誠に俳諧の親〳〵ともいはまほしきに右の甚兵衛が羽折は着て見て我おりやと云心なれど、一句の仕立てもわろく、染出すことの葉の色も、よろしからず見ゆるは、愚意の手づゝとも申すべし。その上、左の鎌の羽が根も堅さうなれば甚べがあたまもあぶなくて、まけに定め侍りき。

二十番は「鹿」で組合せてあるがやはり宗房の負。撰者が自讃するわけにはゆかぬのだろうが、二句の優劣は感じられず、源助はこの宗房が控えめな人であると思った。巻末には伊陽城下の横月漫跋という漢文がある。

松尾宗房という人はつい近くの小田原町に住居(すまい)しているという。あってみたいものだ、と源助は思ったが父は許すだろうか。

源助が卜尺に伴なわれて小田原町の松尾宗房、いや宗房改め桃青の家を訪れたのは、初秋の風が剃りたての月代にひいやり感じられる頃であった。

延宝二年。源助の胸は弾んでいた。

俳諧に遊ぶことを父が許した、というよりむしろ薦めるようになったのだ。それは、東順自身面白がっていることもあるが、勤め先の本多藩でも藩主はじめ家臣衆に俳諧が流行(はや)ったからでもあり、また富裕な商家の旦那方が好んでたしなみはじめ、俳諧師を名告る町医者が連衆の伝手で得意先が増えたことを知ったからであった。

源助は此頃父に教わって生薬の調合もしている。順哲(じゅんてつ)という医者名を与えられての医者見習である。

「藩医というのは身分は定まっておるが俸給は少ない。且つ不自由でもある。町医者の方が先ゆき見込みがあろうというものだ」

とか言って、それには柔かいものをと連歌や物語本俳諧集を見せてくれるようになったのだった。東順も五十三歳、宮仕えに飽きて息子に跡を継がせたいのであろう。遅く子を持ったため、普通ならとっくに隠居している年齢なのである。

父の俳諧は道楽に過ぎず、特に師匠と仰ぐ人もなしに遊んでいるのだが、若年の源助には由緒正しいその道の先達に入門して学ばせたい、と言い、源助が『貝おほひ』の撰者をと望んだわけだった。同じ日本橋界隈ではあり、何よりも北村季吟に『埋れ木』秘伝を授けられた宗匠である。卜尺を通して入門を乞うたのであった。

北村季吟は俳諧の祖松永貞徳亡きあとの第一人者。医師の家系で祖父はかの曲直瀬(まなせ)道三に医学を学んで毛利家の侍医となり、連歌は里村紹巴(じょうは)に師事し連歌所宗匠も勤めた。父の宗円は医を武田道安、連歌連俳を貞徳、貞室(ていしつ)に学んだとか。季吟も父に導かれて入門。二十五歳で俳諧集『山の井』を上板、これは季寄と俳諧撰集を兼ねたもので、今日訪ねる松尾宗房も入集しているという。また古典学者でもあり『土佐日記抄』『伊勢物語拾穂抄』源氏物語の評釈『湖月抄』なども著していている大家。秘伝書『俳諧埋れ木』はその伝授を俳諧師がこぞって熱望する秘本。

そんなことを源助は卜尺から教えられていた。季吟の名は江戸にも鳴り響いていて、源助は『伊勢物語拾穂抄』の写本を大円寺の塾生に借りて写し、今は『伊勢物語』も借りてきて写本を書いているところ。何となく新しい世界が拓けるような心持で、この日を待っていたのだった。

宗房は名を桃青と改め、門弟も多いということだったが、別に小石川水番所の水役人も勤めているので、今日は俳諧はなし、挨拶だけである。

小田原町の卜尺の家作は四軒長屋ではあるが表店だけに二間か三間はありそうなしっかりした建屋だった。

「ご免下され」

戸を開けた卜尺がおや、と洩らした。二、三足雪駄が並んでいたからである。

「お出でなされ」

声がして障子を開けたのは絹物の羽織を着た風采のよい三十年配の男。

「おや、これは信章さん。今日は俳諧はやらぬと聞きましたが」

「いやいや、ちょいと寄っただけでな、杉風どのもござらっしゃる。今噂話をしておったところ。さあさ、上りなされ」

卜尺の後ろに控えた源助にちらと目をくれて促した。

六畳、四畳半の二間続きの間障子を開け放った奥に、二人坐っているのが見えた。ひとりはやはり絹物の揃いを着た痩せ形の男、もひとりは文机の横にいて木綿の茶羽織の小柄な男。しかしこの人が桃青なのであろう。尋常なさり気ない様子ながら眼光炯々(けいけい)としてあたりを統べている気配があった。

「こちらがお話ししておりました、竹下源助どのでございます」

卜尺が源助を見て、こちらが桃青宗匠、と教えた。

「よう、お出でなされた」

静かな声音であった。片頬にかすかな微笑らしいものを浮かべている。こちらは杉風さんと名指された方はにこにこして、

「いや、お若いのう、いくつになられた」

気さくに声をかける。十四歳と答えると、

「末頼もしい」

「月代が青々と。何と嬉しい新弟子だ」

信章と呼ばれた男と杉風が、師匠そっちのけではしゃいでいる。卜尺も笑ってこの源助どのは、と、父東順のことやら学問に秀でていることやら並べたてて仲人口(なこうどぐち)よろしくであった。

「では、父上の医術も学んでおられるかな」

桃青の低いがよく通る声。

「はい、本草学を修め生薬の調合も教わっております」

「なるほど。それで、その若さで俳諧をたしなみたいと、何故思われたのですかな」

はあ、と源助は少し考えた。塾にしろ書道にしろ入門の挨拶は簡単なものだった。束脩を納めて時間割の定めを聞き、筆写してくる冊子を借りただけで、何故入門したいかなどとは聞かれたことがなかった。

「以前、こちら卜尺さまから『貝おほひ』なる撰集をお借りいたしました。それ迄は漢籍や古歌集などを読んでおりまして、何かこう別の、あ、そこに生身の言葉、生身のにんげんが表われているように思って面白く、あ」

へどもどしながら言うのへ、桃青の頬が少しゆるんだようだった。

「ほう」

「これは面白い」

「生身の言葉か。たしかにそうですな」

やはり師匠そっちのけの三人のはしゃぎようである。

桃青は、もうはっきりと微笑していたが、つと文机の硯箱の蓋を取り、積んであった反古紙を裏返して筆をとった。「誹諧」と書いている。

「われらが俳諧の祖松永貞徳師の『天水抄』に、誹諧と言う字、扁、旁を取はなして見れば、言葉皆言葉に非ずと読める也、とあります、この言葉というは連歌に用ゆる雅びな言葉のこと、それに、引かえて賤しき事、人の笑う事、言いたき事も皆詠むによって連歌とは大きに心、詞の変る也、と申された。今の源助どのの、生身の言葉というがそのこと、俳諧はげんに此処に生きて暮しているひとびととの哀歓、他所ゆきの衣服でなくふだん着そのままの暮しを詠むものでござる。若いのにそこに目をつけられたは重畳（ちょうじょう）」

穏やかにゆっくり語られる桃青の教えは源助の心に沁みた。

――そうだ、私はそれがやってみたいのだ、言いたい事、笑うべき事、今生きている自分の思いそのままを。

と思ったが口には出せず、ただ深く頷いて頭を下げた。杉風が膝を打つ。

「これはめでたい。将来有望な新弟子の入門でござりますな」

「固めの盃といきたいところ」

信章も言う。少々残っているやも知れぬ、と桃青が立ちかけるのへ、いや、私が、と卜尺は身軽に腰をあげる。ひとめぐりほどはありそうですぞ、と徳利を持ってくれば杉風も立って湯呑をがちゃがちゃと重ねて運んできた。卜尺は名だたる町名主で、家では縦のものを横にもしないだろうし、杉風だって身装（みなり）から見れば大身と思えるのに、粗衣の桃青のために立つのである。そうさせるものがこの人にはあるのだろうと源助は思った。

「今日はこののち小石川の水番所に詰めて二、三日戻らぬ故、手伝いの者に休みをとらせたものだから。ああ、相済まぬ」

桃青は源助に向って言い、終りの所は湯呑を手にして杉風に言った。源助は内心、この家に下男か下女はいないのか、と思っていたところだったから、まるで見抜いたような桃青に驚いた。酒はほんとうに五つの湯呑できりきりであった。桃青はじっと源助に目を当てて、

「では、今後よろしうに」

と言い、めでたいめでたいと他の三人は声を揃えていっせいに呑みほした。

源助はゆっくりと味わった。七月にいわば元服の式をした折から酒の味を覚えた。こんな身も心もしびれさせるものが他にあろうか。いっぺんに酒が好きになっていたのだった。

「時に」

信章が真面目になって話し出し、暫く源助は忘れられたように何やら人の名が幾つも出て、句が詠みあげられ、よいとかどんなものかと話が飛び交った。上方（かみがた）の俳諧のことらしい。湯呑一杯の酒がじわじわ沁みこんでくると源助は愉快になった。もう何でも言える気がする。

「お師匠さま」

「あ、源助どの、話が外れて済まなんだ。何か不審のことでも」

「いえ、不審ではござりませんが、付合の意義はどのようなものでござりますか」

連歌も付合集も幾つか読んだが、源助は発句の方が面白かった。付合というのは連歌の真似をしているだけではないかとおもったのである。発句は和歌と違って短いなかにさっと場面を切り取る面白さがあった。

「付合の意義ですか、よい問をなさる」

桃青は、はっきり微笑した。

「もとより付合は連歌から始まったのでござるが、先ほど貞徳翁の言を引いたように、有心連歌は言葉が本意、という衣装を脱いだのが無心連歌。衣装を脱ぐと乾坤の姿も人間も全く別なものに生まれ変ると言える。つまるところは付合は」

桃青の声に心なしか張りが出たようだった。

「八代集はむろん数々の古集も読まれたと思うが、例えば新古今などの部立て、春夏秋冬、恋、賀歌、哀傷、離別、羇旅、神祇釈教などが連歌俳諧の式目になったわけで、いわば百韻は新古今集千九百余首を百行につづめたもの、歌仙はさらに三十六行につづめたものと申せましょう。その百行三十六行の一巻の中に人間や森羅万象、すなわち乾坤のすべてを作り上げるのが付合。紙の上に連衆相寄って新しい乾坤を打ち樹てるのでござる。さすればこの已れ一身の在りようが自ら悟られる。世の有様、物と物の関わり、古今東西の時の流れ、それらが身につくのでござりますな」

——紙の上に新しい乾坤を打ち樹てる、はあそういうことなのか。

源助は目から鱗が落ちたように思った。

「その新しい乾坤ということですが、貞門は何とも古びておりますな。大坂の宗因、西鶴なんぞは、俳諧は夢幻の戯言なりと申しておりますが、あっと思うようなものがあります」

と言うのは信章。

「ああ、これですな。お借りして夜番の徒然に熟読いたします」

桃青は机上の一冊を手に取った。題箋(だいせん)は『歌仙大坂俳諧師』と見えた、信章はその一冊を届けるために来たようだった。

「では、私はこれで」

と立ちあがる。杉風も私も用なしでと笑いながら立ち上り、卜尺と源助に会釈した。また会いましょう、近い内に、と二人は声をかけて出てゆく。

源助はそれまで出しそびれていた束脩と干しするめ一束を差出し、

「よろしうお願い申しあげます」

いい師匠に当った、と思いながら深く礼をした。

「杉風さんはついこの向うの鯉屋ですよ、幕府御用達の魚屋のあるじ」

「へえ、そうですか」

帰途、卜尺はそう教えてくれた。鯉屋は江戸一番の魚商、日本橋魚河岸と深川に大きな店を張っている。

「信章さんは甲府の酒造業でな、後継を弟さんに譲って学問しておられる。甲府宰相家にも仕候されておるとか。あの通り気さくな威張らぬお方。桃青師匠は連衆の身分なぞを言い立てるのがお嫌いで、あそこでは口に出せなんだ」

そういう卜尺も日本橋河岸一帯の大地主で町名主、そろそろ不惑かという、源助には親のような年配だが、友だちのように口を利いてくれる。へええ、驚くことばかりでこの先が大いに楽しみな源助だった。

延宝八年、二十歳の源助改め其角は早くも『田舎之句合』一冊を上板して江湖の俳諧衆を瞠目させた。同年に『桃青門弟独吟二十歌仙』の一人としてこれも上板、若き秀才として大いに名を挙げたのである。

実を言うと、独吟歌仙は三年前、十七の年に既に巻きあげていたし、その翌年に『田舎之句合』も五十句詠みあげていたのだったが、独吟の方は他の連衆の巻が出来上るのを待っていたのだし、句合は杉風も企てていて、双方桃青の判詞を貰うのに日にちがかかったので、源助こと其角はじりじりしていたのだった。

源助は初め俳号を螺舎（らしゃ）と名告った。螺は巻貝のこと、我ひとり住家でゆっくり歩むという意であった。独吟の方はだから螺舎の名で板に刻まれている。しかしある夜、夢の中で「晋其角」という言葉をまざまざと見、深く感ずるところあって晋其角と名を変えた。これは易経の「晋」の上九の説明にあるもので容赦なく進むという意である。霊夢によって生まれたと聞かされてきた故か、其角は夢を重んじる癖があった。独吟歌仙の方は、巻きあげた者から版木に彫ったので螺舎でゆくしかなかったが。

其角の名が版木に載ったのは、しかし延宝五年十七歳の時であった。椎本才丸が編んだ撰集『坂東太郎』に三句入集したのである。

　　暮秋
雁鹿虫とばかり思ふて暮けり暮　　其角
　　雪
なら茶の詩さこそ盧同（ろどう）も雪の日は　　其角
　　雑冬
朝鮮の妹や摘らん葉人参　　其角

自分の作と名が版木に刻まれたのはそれが最初。其角は嬉しくもあると共に、自分も撰集を早く出したいと思った。

何しろ才丸はのちに才麿と名を変えたが、大坂の人でこの時は井原西鶴門であった。延宝四年の秋に江戸へ下って一年経たぬ内に、『坂東太郎』なる撰集を物し江戸土産にして帰ったのだ。其角は才丸と気が合い、大坂の話をいろいろ聞いた。西鶴の集も見せられて面白かった。

阿蘭陀流と呼ばれて貞徳門の連衆たちからは眉をひそめられているようだが、「俳諧は夢幻の戯言也」という宗因の直門であってみれば当然と言えた。

その宗因は前年江戸へ下って桃青や信章も加わって百韻を一座し、誰が名付けたか「談林風」という宗因の流派が江戸をも席巻した感があった。桃青も談林風に染まり、信章との『江戸両吟集』、信徳を加えての『江戸三吟』と続けざまに版を出した。信章の名で出板したけれども桃青の指導によることは明らかであった。

独吟歌仙は、信章、杉風、卜尺、卜宅、嵐蘭（らんらん）、其角、嵐亭そのほかで、揃うまでに三年もかかったのである。

其角の独吟の発句は、詞書付きで、

脈を東籬（とうり）の下にとって
本艸に対すと美子が
薬もいまだうつけを
治せず
螺舎

月花（げつか）ヲ医（い）ス閑素幽栖の野巫（やぶ）の子有

というものである。大意は、陶淵明の詩境に憧れつつも本草学を学んでいるが、名医の良薬も月花の風雅に打ちこむ己の心は治せない、医は医として藪であっても閑素に風雅に遊ぶという決意の表明であった。
　五、七、五の定型などは無視した詩文に近い句もあり、桃青師匠に何と言われるかと思ったが、「面白い」とすぐ版木にかけさせたのである。その年、其角はまだ十七歳であった。二十歌仙揃って世に問うたのは延宝八年、三年後となる。
　其角はそれで満足はできなかった。

　延宝四年、松尾桃青は伊賀へ帰郷した。何でも藤堂藩に、他国へ出ている者は五年に一度帰藩しなければならぬ、という藩令があるとのこと。つまり桃青は藩にまだ籍を置いているわけだった。致仕（ちし）した者に、そのような拘束はないはず。またその藩令は、藤堂藩家中に他国へ出ている者が少なからず居るということでもある。他藩には有り得ないことだった。どこの家中でも侍は容易に他国へ行くことは出来ない。参勤交代は一年で往復するのだし、江戸詰の者も届け出てゆるされなければ江戸を一歩も出ることはない。つまり藤堂藩は特殊であり、その理由も凡そ皆知ってはいるが暗黙の了解で口にはしないのである。

　師匠の不在のあいだ、連衆の交流はかえって盛んになった。殊に杉風とは年の開きが十四歳も違うが家が近いこともあってしばしば往来し、其角が何かの折に『貝おほひ』のような句合を編んでみたい、と言うと、杉風もやってみたいと乗気であった。『貝おほひ』の連衆について師匠に問うたとき、一人で何役も勤めたのだよ、と苦笑しながらこたえられたことがあり、ならば自分は一人二役でやってみよう、五十句二十五組、うまくゆけば師匠の判詞が貰えるかも知れぬ。

杉風と一緒に申し出れば、自分ひとりなら断られるかも知れないが杉風にはひとかたならず世話になっている桃青師匠、無下に断りはすまいという計算もしたのだった。

独吟歌仙の連衆に嵐亭治助(はるすけ)が入っていることも嬉しかった。治助は七歳年長で連衆の中では一番年が近い。嵐亭などと名告るだけあって野放図なところがあり、しかも住居は照降町。二人はよく連れ立って遊び歩いた。淡路島に生れて仕官していたらしいが、たびたび主を変っていて、今は浪人である。

嵐蘭という人は板倉公に仕える三百石取りのれっきとした武士、卜宅は藤堂藩が分封して出来たばかりの久居藩の用人という身分。厳翁は幕府御用達の桶問屋。のちに親しくなるのだが、まだはたち前の其角には付き合える人たちではない。皆いたって真面目であった。

「どうも固苦しくていけねえや、お侍てのは」

嵐蘭や卜宅が来合わせた俳諧の座のあと、連れ立って帰るさの嵐亭が呟く。

「治助さんだって侍でしょう」

「いや、生れはそうだったがな、今は声がかかれば人数のうちに入る雇われ侍。そこらの日傭取(ひよろ)りと変んねえ」

おおかたの大名は皆内実が苦しいので、家臣は少なくしている。何か事があった折には体裁を調えるため浪人を雇う。江戸城へ上る人数に入ることもあるし、参勤交代の供揃えに呼ばれることもある。天下太平の代には侍稼業も楽ではないらしい。

「しかし、あの卜宅さんは師匠が江下出府の際、供連れに加えて同道したというが、何やら曰くありそうだ」

「久居藩の殿様は俳諧をたしなまれると聞いたぞ。連衆のつながりじゃないか」

「おや、そうか。そう言えば近頃大名旗本にも俳諧が流行っているらしいな」

「うん、うちの殿様も少したしなむらしい」

其角は膳所本多康命(やすのぶ)侯にお目見得した話をした。目見得というより事の序(ついで)だったかも知れない。

其角は少しずつ筆写していた『伊勢物語』を、厚手のあけぼの色の表紙を付けて綴じた。我ながら良い出来と思って父親に見せると、喜んだ東順は藩邸へ持参して親しい者に見せびらかしたらしい。その中に用人の蒲生五郎兵衛がいて、これは殿にお目にかけよう、本人も連れて来るようにと段取りしてくれたのだった。藩邸に上ったとき、隣りの奥州白河藩本多忠平侯がお忍びで碁打ちに見えていた。

この本多両家は神田橋御門の外に並んでいるが同姓でも親戚ではない。譜代大名の中で酒井姓と本多姓が殊に多いだけである。大名が他家を訪ねるのは町触れしたりして大事(おおごと)なのだが、隣りなのでひそかな通路があって囲碁を楽しんでいる様子だった。

其角の『伊勢物語』はこの忠平侯に所望されて召し上げられてしまった。褒美として脇差一振を頂戴したけれども。

「刀か、金子(きんす)の方が良かったのにな」

うん、お前の筆は大したものだからなと賞めたあとで、嵐亭は自分が貰ったように言った。実は其角も同感だった。

「金子なら吉原(なか)へ行けたぜ」

句合せの集を出したいので金子が欲しかった其角は呆れた。嵐亭が、其角はまだ女を知らぬだろうと先輩面して連れて行ったのが岡場所や湯女(ゆな)宿だったから、一応医学を修めて悪い病気のことを知っている其角は怖気づいて、とても白粉臭い女を抱く気にはなれなかった。

桃青師匠が伊賀帰参で留守の間は俳諧も気が抜けて一座興行ということもなく、ある日其角は嵐亭と誘い合わせて深川の杉風の邸へ行った。鯉屋は深川に大きな生簀(いけす)を設らえていて本宅はこちらである。日本橋は出店なのだ。三人で遊びのような付合をしながら酒が廻ったところで、嵐亭が、

「其角はなまじっか医者の卵だもんで、病気が怖しいと女も抱けぬらしい」

と暴露したものだ。杉風は笑ってそれが岡場所だったと聞くと、

「初めての若い者にそれはまずい。いずれ私が吉原(なか)の安心な店へ案内しましょう」

と言った。そして日ならずしてその約束を果してくれたのであった。

杉風は、店の実務は何人もいる番頭手代らに任せ、専(もっぱ)ら幕府の役人や諸藩の用人との折衝に当っているので、接待でよく吉原へも行くらしかった。其角に、これを読んでおきなさいと渡してくれたのが『吉原諸分』という手ずれのした冊子。話にはよく出るので知っていたが丸ごとの一

冊は初めてだった。

遊びに初心な若旦那と廓馴れした女郎との問答形式で、吉原遊びの手順や花魁の位付け、費用のことまで詳しく書いてある。

例えば太夫は昼夜七十四匁銀だから一両二朱にはなる。格子女郎が五十二匁、散茶金一歩、うめ茶十匁などとあり、太夫を呼ぶにはまず揚屋に上って芸者、封間なぞと酒宴を張り、太夫が新造と禿など引き連れて来て酒宴の続き。揚屋から一同揃って太夫の店に行く。そこでも酒宴で引き連れた一行にそれぞれ祝儀を配る。いや大変な物入りだと其角は思った。それに気になったのは、同じ花魁に三度通えば馴染ということになるが、馴染となったら他の妓に変えることはできないし他の店に馴染を作るのも禁断ということだった。

――何だ、結構不自由じゃないか。

よほど気に入った妓が見つかるまでは馴染は作らんぞ、と思ったが、三度通えるかどうかも期し難い自分を思うと要らぬ決心ではあった。

杉風が約束通り吉原へ連れて行ってくれたのは、十七歳の春。揚屋は通らず杉風の行きつけの店ですぐ座敷に上れた。呼ばれた妓は一応部屋持ちだったから散茶ぐらいであろうか。初めての者には少し年増がよいのだとあてがわれた妓は、年増といっても二十歳をでたばかり。骨細の小柄な女で、其角はろくに顔立ちも覚えず言葉も交わさなかったが、初めて全身を貫く火のような快楽を知った。

吉原での諸拂いは杉風が済ませてくれた。大いに感激した嵐亭は金がないと言って岡場所へ通うらしかった。其角は一、二度連れ立ったものの嵐亭ほど女に夢中になれない。

何しろ忙しかった。大円寺に鎌倉円覚寺から大巓和尚が来臨、易経と禅の講義が始まったのでそれが面白く、また大巓和尚は幻吁と俳号を持つ人でもあったから、俄かに塾生に俳諧が流行した。一番若い其角がいっぱしの指導者なのである。

杉風と語らって句合せの計画を立てたのが十八の春。それぞれ五十句二十五組の句合せを詠み、桃青師匠の判詞を貰うことになったから其角は真剣だった。判詞についての交渉は杉風がしてくれて、桃青師匠は「若いのに勇ましいな」と其角に対しては仕方なくという気配だったが、何かまうものか、言質をとればこっちのものと内心其角はほくそ笑んでいた。それだけに恥しくないものをと意気込んでもいたのだった。

句合せにするからには一人二役、其角名でなく、別な人間にする方が面白いだろう。誰にするか名は何とするかと思いあぐねていて、ふと独吟歌仙の裏十、十一の付合を思い浮かべた。

今度定家の江戸へ下られ
勅撰にねりまかさいのけしき迄

藤原定家卿が江戸下りしたなら練馬葛西の景色も詠んで勅撰集に入れるだろう、という空想の句であるが気に入っている。練馬の農夫、葛西の野人というのはどうだ、面白いじゃないか。農夫と野人としておけば、若輩の身で師匠の判詞を貰った句合せを出すなどと先輩衆のひが目にも、謙虚さと見えるだろうとの計算もあった。

作りあげたのは延宝七年の内だったが、桃青師匠の判詞はなかなか貰えなかった。ひとつには杉風の句合せと同時に渡すため、双方の判に日にちがかかるということ。そして、伊賀から江戸へ再び戻った折に、甥だという其角の同年の青年を連れて来て、何彼と師匠が忙しかったからでもあった。

水番所役を松尾桃青の名で町触れも出している師匠は、その青年を自分の後継にする心組みらしく、桃印と名告らせて大方は小石川に行っていたから、其角は二、三度顔を合わせただけだったが、ひどく無口で大人しい稚さの見える奴だ、と思った。

延宝八年四月に『桃青門弟独吟二十歌仙』上板。八月にやっと其角の『田舎之句合』、杉風の『常盤屋之句合』が同時上板。父東順は上板の費用を快く、むしろ嬉しげに出してくれたものだ。

第一番

左勝

霞消て富士をはだかに雪肥たり　　ねりまの農夫

右

菜摘近し白魚を吉野川に放いて見う　かさいの野人
先左の句は巻頭の一句と見えて豊にして長高(たけ)し未だ初春の体霞もやらでありく／＼と見えたる不二のけしき雪肥たりと云所奇也。古人春雪痩たりなど丶作れる便多きにや。右の句菜摘と云より吉野川に白魚をねがひたる一興尤妙也。山の姿川の流見所多し。

第二番

左勝

春の水やかろく能書の手を走らす　農夫

右

引かへつ燕をはたのに春の駒　野人

岩間をとぢし苔の下水さら／＼と流出る波の文義之が石すり懐素(かいそ)が自叙帖の筆の走レるがごとし右の句論ずるにたらず。

桃青の判詞はさすがに勘所を抑えた見事なもので、其角は胸に溢れる感謝の念をどう伝えたらよいか悩んだ。序文を嵐亭に頼むと大いに張切って書いてくれた。嵐亭も判詞に感嘆したらしく、荘周、蘇東坡、杜甫と引用してむしろ師匠の判詞を賞める方が主となっていたが、其角の意を汲んで田舎と名付けたあたりもよく書いてくれていた。
杉風の『常盤屋之句合』は、初め『八百屋之句合』としていたものを師匠の助言で変えたもの。

すべて八百屋を題材にしている。

第一番

　左勝

草すでに八百屋の軒に芳し（こうばし）

　右

今引（ひく）も小松が原のはたな哉

左の芳草、八百屋の軒に梅をあらそひ、鶯菜にも初音待ちたる心地するに、はた野の原の若菜にすがりて、子（ね）の日の松を引添たるもめでたく侍れども、先（まず）八百屋の草のかうばしきに、心とゞまり侍る。仍レ以テ左為レ勝。

魚商の杉風が八百屋尽しという趣向は面白く見所のある作も多いが、読み比べて其角は己の贔屓目ではなく自分の句合せの方が、作句も判詞も優っていると思った。もとより口に出して言うべき事ではない。連衆の誰もがどちらも大した趣向、こんな面白い句合せは初めてだ、それにしても師匠の判詞がすばらしいと口を揃えて言った。

知り合いの者だけでなく、桃青師匠が京大坂大垣尾張伊賀などの俳諧師の名をあげて、自分の口添えといって送るようにと書付を呉れる。師匠も判詞に自ら恃むところあったのだろう。薄い冊子だが贈った先方からは祝儀が来る、連衆はもとより大巓和尚や塾の仲間、父の知人と皆祝儀を包んできて書肆への拂いをよほど上廻る収入（みいり）があった。

　東順は大喜びであちこち吹聴した上に祝宴を開いてくれた。そのあけっぴろげな親馬鹿ぶりを恥しくも思った其角だったが、祝宴での酒は旨かった。酒はそれまでに味を覚えて俳諧興行の席でも女遊びの場でも遠慮したことはなく、さして酔っぱらいもせず、体質に合うと思ってはいた。が、祝宴に父が張りこんだ灘の下り酒は別物だった。

　まず色が美しかった。酒は皆白濁しているがこの灘の酒はとろりとして高麗白磁のような澄んだ白さ。口に含むまでもなく芳醇な香りが鼻を楽しませる。ひとくち呑むと口腔いっぱいにそれが広がり、白珠がころがるように喉を滑りおりてゆく。胃の腑に落ち着くと胃の腑自体が喜んでいるようにさざめき熱を帯びてくる。こんな旨い酒にありつけるならすぐにでも次の集を出したい、などと自分で自分をけしかけながら、其角は、いやこれが己の本音かも知れぬ、と改めて気付いた。

　医者になるのは止めて俳諧で身を立てようか、と思ったのは快い酒の酔でうつらうつらと夢心地で自室に入った時だった。机辺には沢山の写本が積み重なっている。医学の為の本草学や内経、儒学の論語、四書五経、懐風藻、源氏物語の抜粋や平家の好きな章、能曲、易学、八代集。

　それぞれの学問の向う所は別である。しかし俳諧はそのすべてを含んでいるのだ。ごく平談俗語でありながら、漢詩も入れられるし古今東西の歴史も入る。和歌の本歌取りもするし、浄瑠璃、俗謡小唄、能楽も。

――師匠の申された通り、言葉で別な乾坤を紙の上に打ち樹てるのだ。

――発句は面白い。たった十七文字の中にどれだけの世界を表わせるか。和歌や漢詩一首の世界をより短くしかもより広く。

――桃青師匠は旅をしろ、世の中を見よと申された。東海道の一筋も知らぬ者俳諧覚束なしと。俺も上方へ行ってみたい. あの才丸が『田舎之句合』を大層賞めてくれて是非難波へ来られよ、西鶴宗匠も感嘆していたと便りもくれたし。

其角は旨い酒が自分を挑発してくれる気がした。難波へ行って阿蘭陀西鶴という奴に会ってみたい、師匠が送れといってくれた京の人の中には北村季吟とその子息湖春の名もあった。日本一の大家だからもとより返事は来ないが読んでくれただろうか。其角の名は無名でも季吟から『俳諧埋れ木』の秘伝を享けた桃青の判詞があるから少くとも目は通されただろう。

しかし、京大坂へ俳諧師として行くならこの一冊だけでは心許ない。判詞のおかげみたいである。何としても立派な撰集を編んでから旅に出よう。そう思い定めると其角は熱心にあちこちで俳諧興行をし、幻吁和尚を初めとして知り合った連衆たちに発句を求めた。

その年の冬、思いがけず桃青師匠は小田原町の家を捨てて深川に移った。

深川は江戸の辺境といっていい葦原の中に鯉屋の水番小屋があったのを手直して庵とし、泊船堂と名付け、門人の李下が芭蕉一株を進上したのに喜んで、泊船堂芭蕉と名告ったのだった。小田原町は江戸の市中、足の便もよく周囲に裕福な商家が多いし、俳諧に遊ぶ旦那連が入門して束脩などの収入も少なからず、家を移るにしても何故辺鄙な葦原の中に、と門人みな吃驚した。

すでに四十にもならぬうちから翁と自ら呼称していた桃青、いや芭蕉は点者に飽きたからと言ったそうだが、其角の見るところでは、甥の桃印も二十歳になり水番所の常雇いとなって暮らしの目途が立ったから、というのが一番の理由であると思えた。そして芭蕉自身の収入はなくなるのに平気なのは、やはり藤堂藩からの蔭扶持があるのだろう。

そのような世俗の見方をしていた其角が、己の浅薄さを省りみて背筋を正す思いをしたのは、深川泊船堂をはるばる訪ねた折である。

「住する所なきを花と知るべし」

居並ぶ連衆を前に芭蕉翁はまず、世阿弥の『風姿花伝』を引いた。連衆は杉風と、信章の名を素堂と改めて葛飾に屋敷を構えたその素堂。ほか、素堂の故郷甲府秋元藩の武士髙山麋塒、嵐蘭、其角、それに揚水、李下、千春など初めて見る顔もいて、六畳、四畳半、の二間続きもすし詰めだった。年寄の男が茶を運ぶ。後で聞けば、麋塒は城代家老という大層な身分。茶汲みの爺は芭蕉の縁類とのことで、藤堂藩が上野東照宮の修理を命ぜられた際、国元から連れて来た細工物の職人。江戸に居ついて神田佐久間町の娘夫婦の家から通っているのだった。

「ひとつの境地に安住してとどまることを最も怖れるべきであります。四季折々に多種多様の花が咲くように、俳諧の花も広く時、所に応じて言葉、事象を変化してゆかねばなりません。貞門は古び、談林はそれを破れどもあまりに放埒に走りすぎた。誠の風雅とはどのようなものか、この閑静な地に隠れ住んで某（それがし）は、道を究めたいと思うておるのです」

芭蕉はなおも、「初心忘るべからず」とか「新しみの花」とか世阿弥の言葉を引き、能と俳諧は別物のように見えてその帰する所はひとつ、「一座建立（こんりゅう）」の志に変りはないと続けた。

「某の風雅は夏炉冬扇、世に用いられるものはなく、生計（たつき）の足しになるものでもないが志を共にする一座連衆があれば嬉しく思います」

一同頷き合って、新風の一座建立に加えて頂けるなら有難く、修練いたしますと述べた。

皆深く感動の面（おも）もちだった。

「夏炉冬扇」とは『論衡逢遇（ろんこうまいぐう）』という書物にある言葉で、禅語である。芭蕉は此頃鹿島の根本寺から寺領の訴訟のために江戸に来ている仏頂和尚に入禅していたのだった。其角は大巓和尚のことを語り、いずれ引き合わせる約定もしている。

一応移転祝ということなので、それぞれが持ち寄った酒肴が並べられて宴となる。

「卜尺は来なんだな」

帰途、したたか酔っぱらった嵐亭が言う。

「うむ、あの親父どの、ちょいとつむじを曲げておるらしい」

其角は笑って言った。卜尺は自分の庇護の許にあった桃青こと芭蕉が小田原町の家作を出て、事もあろうに深川くんだりの杉風の家作へ入ったのを、面白からず思っているらしかった。親鳥が雛を奪われた心地でいるのである。杉風の方は大喜びで、その日も刺身だのするめだの貝焼だのと店から運ばせ大盤振舞だったのだ。

「しかし、俺の見るところ師匠の言う新風を打ち立てるのは、お前の役目だな」

嵐亭はこのところ俳諧にあまり気を入れていない。それというのも馴染みの湯女を家に入れて夫婦気取り、どうやら嬰もできたらしいのだ。

「口はばったいようだが、俺もそう思っておる。新しい撰集を企だててもいる」

酒が入ると頭がよく回る其角は、本気でそう思っていた。

「おお、やってくれやってくれ。江戸で新風の狼火を上げるは其角だ。俺も及ばずながら加勢はするが、今はちょいとな」

若い其角は気に止めなかったが、嵐亭の「今はちょいと」とは家に入れた女が子を宿していたことであったようだ。名をおゆきという女だったが、やがて出産時に母子共々命を落すのであった。その薄幸の女を偲んで嵐亭はのちに嵐雪と名を変えた。

其角の我こそ新風と自恃したのは思い上りではない。芭蕉はこの若い潑剌とした青年を大いに買っていて、明けて延宝九年の歳旦には其角と三ッ物を作ったし、江戸在留中の池西言水が撰集『東日記』を編んだとき、其角は二十八句入集、版下を受け持たされた。二十を出たばかりでもう能筆を以て聞えていたのである。『東日記』に芭蕉は十五句入集したが、さすがと思われる発句であった。

夜ル窃（ひそか）に虫は月下の栗を穿（うが）ッ　芭蕉
枯枝に烏のとまりたるや秋の暮
愚案ずるに冥途もかくや秋の暮
いづく霽（しぐれ）傘を手にさげて帰る僧
雪の朝独リ干鮭（かんざけ）を噛得たり
餅を夢に折結（ゆ）ふしだの草枕

などなど。自分の句といえば、

うかれ雀妻よぶ里の朝菜摘　其角

こういうものであった。版下のための清書をしながら、もっとよく世の中を知らねば旅をしなければ、とつくづく思った。わずか二十年ほどの生活では、いかに学問を修めようとも、生きた句は詠めぬのだった。

難波の才丸がまた江戸下りする際、京の伊藤信徳らが巻いた七百五十韻を持ってきた。そして、江戸でこの後二百五十韻巻いて千句にしようではないか、と師匠に持ちかけたらしい。其角と揚水が呼ばれ、深川の泊船堂に泊りこみでしあげた二百五十韻が『俳諧次韻』として上板されたのは七月。

九月に改元されて延宝は天和となった。明ければ天和二年。其角は自分の撰集をと企画してたびたび芭蕉庵を訪れ、相談していた。

ずっとのちに振返れば、その頃が其角と師芭蕉との、いわば蜜月であったろう。

芭蕉野分して盥に雨を聞夜哉　　芭蕉

この句を、「そちの「芋植へて」に唱和したのだよ」と見せられたのは正月のこと。えっ、と驚いたが、『田舎之句合』の中十七番に「芋植へて雨を聞風のやどり哉」があり、勝となっている。よくまあ覚えていてくれた、と思ったし、唱和と言われたのにも吃驚した。十七も年上の師匠なのである。

天和二年二月には、京から来ていた千春が『武蔵曲(むさしぶり)』なる撰集をものして帰った。これに芭蕉は発句六、百韻に加わっており、其角は発句七、歌仙、百韻にそれぞれ入集。殊に連衆を瞠目させたのは、「樽うた」と題する小唄風の詩を入れたからであった。戯れに作って芭蕉に見せたら、面白いと千春に口添えしてくれたのである。千春という人は季吟の紹介状を持って芭蕉庵を訪れたのだが、京住いと知れるだけで何の業(なりわい)とも聞かぬまま、嬉しげに『武蔵曲』を抱えて京へ上ったのだった。

夕顔の白ク夜ルの後架に紙燭とりて　　芭蕉

月をわび身をわび拙なきをわびて、わぶと答へむとすれど問ふ人もなし、なほわび〱て

侘テすめ月侘斎がなら茶哥(うた)

茅舎の感

芭蕉野分して盥に雨を聞夜哉

深川冬夜の感

櫓の声波ヲうって腸(はらわた)氷ル夜やなみだ

『武蔵曲』の芭蕉の句は凄味がある、と其角は思った。自分の句でまずまずと見られるのは二、三句。

草の戸や犬に初音を隠者鳥　　其角

浪の時雨のふたりこぐ

ひとりはなれぬ二挺立哉

闇の夜は吉原ばかり月夜哉

秋夜話二隠林一

雨冷に羽織を夜ルの蓑ならん

茶の幽居炭の黒人を侘名也

吉原の句ばかりもてはやされたのだが、他のは深川に隠栖した師への贈句だった。

その年の夏には、

草の戸に我は蓼くふほたる哉　　其角

和ス角ガ蓼螢ノ句ニ

あさがほに我は食くふおとこ哉　　芭蕉

の唱和が成った。其角の句は、俗に蓼喰う虫も好き好きというが、自分は簡素な庵に住んで辛い蓼を食べ螢のように夜遊びする奇人である、といういささか気負った言挙げ。芭蕉はそれに対して、朝早く起きて飯を食う平凡な自分だと返したもの。芭蕉の返しによって其角の句も引き立つ。一句ずつ見れば何のこともない作であるが、唱和によって別物になる、ということを其角は学んだ。

其角の初撰集の試みは次第に形が調ってきつつある。蒐めたものを芭蕉に見て貰う。並べ方の工夫、二、三の句の手直しなどあって、

「面白い撰集になりそうだ。ひとつ私と両吟歌仙を巻くか」

「えっ、両吟を。それは願ってもないこと、ぜひお願い申し上げます」

其角は喜んだ。師との両吟は撰集の目玉になるだろう。早速嵐雪に伝えたかったが嵐雪はその頃、井上相模守の家中に雇われて高岡に行き消息もない。

家で父に告げるとほう、ほうと嬉しがり、芭蕉庵は何もないらしいから重詰でも用意しろ、と母に命じていた。

——発句を。

其角は苦吟していた。他の連衆とは違う自分らしい発句、これまでの貞門流を破り、さりとて談林そのものでもない発句を起てたい。

芭蕉との両吟は棹尾（とうび）に置くつもりである。巻頭には幻吁の発句ならびに塾の師たちや父東順同門衆の発句。つまり自分のこれまでの学びを表わしたものにする。他人には判らなくとも最初の撰集は自分の記念の集なのだ、と思う。

天和二年も押し詰まった師走の一日、其角は朝早く家を出て深川へ向った。

筆硯筆料紙など包んだ風呂敷を斜めに背にかけて結び、母が持たせた重箱二つを片手に、もひとつの手は徳利。芭蕉も呑めるほうなのである。

空は晴れあがっていたが、吹き抜ける風は針を刺すように冷たく、白い息がまるで馬並みに吹き出す。数え日とあって町も朝早くから人通りが多く、物売りの声も高く師走の慌しさが空気に漂っているようだが、其角は緊張して風も人通りも気にならなかった。せっせと足を運んだ。

泊船堂は近頃芭蕉庵と皆呼ぶ。大きな株の芭蕉が目立つし、師匠が芭蕉庵桃青と名告ったり、ただ芭蕉と記したりするからである。

その芭蕉は秋の野分に破られた葉がはたはたと音を立てていた。

「おお、早かったな、寒かったろうに」

手焙りの火鉢ひとつの座敷で、芭蕉は端然と文台を前に坐っていた。

「今日はよろしうにお願いいたします。あの、母がこれを持たせてくれまして」

重箱と徳利を水屋の方へ持って行くと、何とそこにも重箱と徳利があるではないか。

「おや、これは」

「ああ、杉風が今日の両吟を聞きつけて、其角は若い、腹が減っては戦はできぬ、それにあのご仁は酒が入ると頭の回りがようなる癖がある、と、今朝方、店の者に持たせてくれたのだ」

水屋は膳に皿小鉢など用意してあってきちんと片付いている。世話をしている年寄は理兵衛というのだが、万端調えて娘夫婦の家へ戻ったのだろう。

「戦といってもヤットウではなし、そう腹が減るものでもないのに、これでは籠城もできそうな」

笑いながら其角が座敷に戻ると、

「いや、挨拶という言葉には切り結ぶという意味もある。付合も斬合かも知れぬ。籠城も覚悟せねば」

「はい」

やはり笑いながらではあったが芭蕉の言葉はきびしかった。ではこれは師と己との真剣勝負なのだ。其角は居ずまいを正した。

「発句を」

「はい」

其角には自信がある。

酒債尋常往処(しゆさいじんじようゆくところ)ニ有(あり)
人生七十古来稀ナリ
詩あきんど年を貪(むさぼ)ル酒債哉

杜甫の七言律詩から抜いて前書とし、李白一斗詩百編も含ませ、残り少ない年を惜しみつつ酒を掬み詩を案ずる、という意の発句である。「詩あきんど」は自宅の近辺の古着屋傘屋小間物屋を眺め歩いていて、あきんどの町だな、と思い、そういえば自分は詩を売るのだ、詩あきんどだ、とひらめいたものであった。

「詩あきんど、はでかした」

芭蕉はまず賞めてくれた。

「李杜を呼びこんで気宇壮大。これはその若さでなくては詠めぬ、其角らしい発句」

そして、特に考えるふうでもなく脇句をさらさらと書いて、

「冬湖(とうこ)日暮て駕(のする)レ馬(うま)ニ鯉(こい)」

「頂きます」

風が強くなったようだ。芭蕉葉のはたはたと鳴る音が聞える。

第三章　片腕はみやこに残す紅葉哉

「お江戸日本橋七つ発ち、初上り
行列揃えて　あれわいさのさ
こちゃ高輪夜明の提灯消す
こちゃえ　こちゃえ」

童唄の文句通りに其角は初上り。初めて東海道を京へ出立したのは、天和四年二月十五日。

西行の死出路を旅の初め哉　　其角

その如月の望月の頃と詠んだかの法師の忌日を偲んで一句を書き遺し、旅支度も万全に出立したけれども、提灯は要らなかった。去年の春に芝金地院前の長屋に越していたからである。高輪の大木戸はごく近く、沈みかけた十四夜の月の明りで道は難なく辿れた。大木戸で同行する道連れと落合う手筈になっている。

引越して一人住居になったのは、父東順が致仕して常に家居するようになったからというのがひとつ、医者見習の家が天和二年の暮と三年正月の大火で二度も焼け出され、堀江町に住み込むことになったのがひとつ、医者の看板はかかげていないが、勤めを辞したと聞いて存知よりの者が診てもらいに来るようになったのがひとつ、何より其角自身の胸裡では、新しい撰集を編むのに誰憚かることのない空間が欲しかった、というのが最大の理由だった。

天和二年十二月二十八日の大火には肝が潰れた。其角が芭蕉庵で『詩あきんど』の歌仙を巻いた日から十日も経っていない。駒込の寺から出火したと噂された火事は、折からの強風と枯木林が禍いして瞬く間に燃え広がり、炎に煽られた旋風がまさかと思った大川の向う岸に飛火して、深川一帯を舐めつくし芭蕉庵も消失したのであった。

それはのちに知ったことで、自分の家族の守りと書物や原稿を油紙に包み地中に埋めたり、家の屋根に水に浸した蒲団を広げて類焼を防いだりと、とても他人のことまで思いは及ばなかった。何とか類焼を免れた家には焼け出された知り合いが身を寄せてくるし、食物を調えるのも大仕事で漸く三日も経ってから師匠や連衆の安否を尋ねる気になったものだった。町名主の卜尺（ぼくせき）はとても家にはいないだろうと、魚河岸の鯉屋へいってみると此処もごった返していた。深川の店と屋敷は焼けてしまったのだった。

「ああ、其角さま、ご無事で」

顔見知りの番頭が忙しげに走り廻りながらも声をかけてくれた。

「や、大事でしたなあ。杉風さんは、いや旦那さまはご無事でしたか」

「へえ、船をだしましてな、身一つで逃れました。命あっての物種、旦那さまは深川の店の後始末にお出でなされて。ああ、そうだ、例の俳諧のお師匠さんも焼け出されなすったそうですよ」

「えっ」

火が大川を越えたことを其角は知らないでいたから驚いた。

「で、お師匠は、ご無事だったろうか」

番頭は知らなかった。ということは杉風も知らないのだ。

数日焦燥のうちに過ぎて、やっと消息が知れた時には芭蕉は甲府に行っていた。何でも大火の時は小名木川の葦に縋って水中にいたというのである。命からがら焼けなかった百姓の家、お救い寺と過して杉風や素堂につなぎを付け、甲府出自の素堂と高山麋塒が話して一時甲府へ、ということになったのだそうだ。甲府から便りが来たのは二月に入ってからのこと。その前正月二十一日にはまた大火事となったから、江戸は騒然として俳諧どころではなかった。正月の火事は前年の暮の火事で焼け出された八百屋の娘お七がお救い寺の小坊主と仲良くなり、店を建て直して戻ったものの逢いたさに今一度火事があればと、自分の店に放火したもので、お七は捕えられ町中引廻しの上火炙りの刑に処せられた。続けさまの大火で木材の値が上り、紀伊國屋文左衛門は、船で木材を運んで大儲け、一代で分限者となった。

そんな騒然とした江戸の様相をよそに、其角は撰集の版下書きにいそしんだ。

版下書きは十代の頃から頼まれているのでもう馴れているが、それでも一字も間違えることなく薄い紙に清書するのは骨が折れる。間違えると続き文字だから一字だけでなく一行そっくり貼り替える。紙の行間をそっと濡らして外し、同じ形の紙のほつれとほつれを重ね合わせるのだ。経師屋なみの手際が要る。版木に逆さに貼って彫師が彫るのだから、重ね貼りはできないのである。

芭蕉の跋文が遅れた。甲府に居るのでは催促の仕様もない。漸く五月になって江戸に帰った芭蕉は一時橘町に借り住いしたが、

「遅れて済まなんだ」

と言ってすぐ書いてくれた。跋文だけは芭蕉の自筆そのまま版下にしたのだった。

出来上がった上下の撰集『虚栗（みなしぐり）』は荷の中にも納めてある。

其角の出立の身なりは、縞紬の着物羽織、道行合羽、笠、手甲脚絆に軽衫（かるさん）。紺足袋に草鞋だが指の間に緒ずれを防ぐ膏薬（こうやく）をあらかじめ塗り、紙をはさんでいる。振分荷のひとつは筆墨料紙。冊子を着更えの襦袢でくるんでおり、ひとつには木枕、抽出しのある三段枕で剃刀櫛油薬などが枕のうちに治めてあり、これも着更えの下帯その他でくるんで油紙、風呂敷できっちり縛ってあ

る。腰に印籠矢立煙草入れ燧石付きなど。

『諸国道中案内』に載っている旅支度の道具はまだまだあるが、其角は、なに、要る物があればその土地でもとめればよい、と多寡を括っていた。何しろ懐中の路銀が豊かなのである。

撰集『虚栗』入集した者から入花料、祝儀、その上旅立ちに当っての餞別、と思わぬ大金を胴巻にしのばせているのだ。

高輪の大木戸前には、同行する京の薬種商と手代が待っており、嵐雪や北鯤や暁雲など撰集に入集した面々も来ていた。このうちの暁雲は多賀朝湖という絵師である。吉原に入り浸って幇間のようなこともしているが画才は確かなもの。のちに島流しになり、ご赦免になって帰ると英一蝶と改名して大いに画名上るのであるが、その朝の其角はもとよりあずかり知らぬところ。

「おや、これはわざわざ見送りに？」

「さよう、さよう、蕉門の華とも言うべき撰集を出板していざ鎌倉ならぬ京大坂へ他流試合に出立、みおくられいでか」

嵐雪が芝居がかって言う。

「儂は深川の翁に見送りを頼まれましてな。よろしうに、道中ご無事でとお言付けありました」

李下である。大きな植木畑を持っている地主で、芭蕉庵の名の由来となった芭蕉一株を進上した者。昨年門人一同の寄進で新しい庵を建立し、元の焼跡で健気に芽吹いていた芭蕉を新庵にも植え替えて世話をしている。李下は自分の運んだ一株が師翁の俳号となったのが嬉しくて仕様がないのである。また北鯤は見たこともない程大きな瓢を進呈した。米が五升も入るかと思われるその大瓢は軒下に吊るしてある。四つの山を詠みこんだ五言絶句を作り、瓢を四山と銘付けたのは杉風だった。芭蕉は喜んで、自らも「瓢の銘」なる俳文を書き、一句を詠んだ。

物ひとつ瓢はかろきわが世かな

芭蕉庵には出立の挨拶に行っているが、この朝もまた李下に言付けてくれたのが其角は嬉しい。見送り人が賑やかなので、同行の薬種商が吃驚している。近江屋という中年の男である。

「このたびは足手まといの私をお連れくださされてありがとう存じます。よろしうにお願いいたします」

挨拶して見送り人に、こちらは近江屋さん、京へ戻られるのを幸い、道連れにして貰ったと引き合わせる。近江屋は京が本店で神田に出店があり、昨秋其角の妹が嫁入りしたのであった。妹の婚家の主筋に当る道連れは少々気が重かったが、父東順の計らいであってみれば致し方もない。見送り人は次の宿場品川まで行くというので、十人ばかりの一行は夜明けの道を二里、ぞろぞろと連なって歩いた。

八ッ山橋を越すと右手にこんもりと御殿山が見える。

「江戸は全く平らかどすなあ、山といえばあのかあいらしい御殿山くらいだなあ」

近江屋がいう。

「東山三十六峰の京から来られたら、少々物足らぬところでしょうな」

嵐雪が相槌を打つ。のちに京を訪れた嵐雪は「蒲団着て寝たる姿や東山」という名句を吐くのであるが、この時は貧乏侍で遊山の旅など思いもよらない境遇だった。

品川宿に近づくと鈴ヶ森が噂になった。品川を出て大森海岸を少し入った所に刑場がある。八百屋お七が火炙りになったのは未だ耳目に新しい。かわいそうに、とか、おろかな娘、とか、他に手だてもあろうものを、とか、中にはそんな一途な恋をされてみたい、など不謹慎な声もあり、その面(つら)で、と背を叩かれている者もある。

一刻ほどで品川宿。一九町四〇間もある細長い町で、旅籠水茶屋酒屋煙草屋薬屋履物屋とびっしりならんでおり、品川宿は旅籠に飯盛女を置くことが許されているので大層な賑わいぶり。其角はひそかに、嵐雪や暁雲はそこが目当てで品川まで送ってくれたのだろうと察していた。

茶店で一服して見送人と別れる。

「水当り、食当りに気を付けてな」

「懐中物を護摩の灰にやられぬように」

「ご無事が何より」

さすがに真っ当な挨拶を交し其角が歩き出した背へ、

「島原の太夫の顔、拝んで来なせえ」

「まあ、遠目にでもな、あはは」

と要らぬ言葉を投げたのは暁雲と嵐雪だろう。其角は返事しなかった。

「どうも、やかましい連中で相済みません」

近江屋にあやまる。

「俳諧連ちゅうは皆転合言いあって仲のよろしいことだんな。私は不調法どすが、京にもぎょうさん居やはります。地下の者ばかりでのうて大きなお寺さんや公卿さんたち、奉行所の役人にも居やはるそうで。あ」

と突然、思い出したようにして、

「御所の御典医に向井元端ちゅう偉い学者の方がおりましてな。うちの品も使うて頂いとります。元端さまは御所にお詰めで、専らその弟さんの平次郎、いや元淵さまとお話するんやが、その元淵さまが俳諧をなされます。何でも俳号は去来と申されて」

その去来が実に見上げたお人柄、京へ戻ったらお引き合せしますえ、と親切な近江屋だった。

「ありがとう存じます」

京大坂には沢山の知り合いが居る。江戸下りの俳諧師たちとは皆一座したし、撰集にも収め入花料も過分に貰い、上方に是非曽遊を、その際は一ト月二タ月お宿しますという便りも一人ではない。

別に薬種商に引き合せを頼むこともない、其角はすぐ忘れた。

次の川崎までは二里十八町。まだ疲れるほどではない。六郷川では舟で渡る。もとは橋が架けられていたが大洪水で流れ、川崎本陣の主が舟渡しにして宿場に舟賃が入るようにした。宿場が栄えたのはそれからだと聞いている。舟はすぐに向う岸の旅籠や茶店が待ち備えている船着場に着く。

川崎では名高いのが奈良茶の万年屋。奈良茶は豆など混ぜて炊いた飯に茶をかけるだけのものだが、万年屋では工夫してあって番茶ではなく出汁(だし)のきいた熱々の汁をかける。丁度昼飯時とあって万年屋は大層な賑わいだった。宿場から半刻も歩けば厄除け大師で有名な平間寺(へいげんじ)があるはず。其角はまだ詣ったことがないが、父母は若い頃に大師講の仲間に加わって詣ったと聞いた。

万年屋でも渡しの舟でも大師詣りの講中(こうじゅう)らしい群がいくつかあった。近江屋に平間寺に寄ったことがあるかと聞いてみたら、

「いや、いつも道中急ぎますもんで。それに京には名刹古刹がぎょうさんありますよってに」

そう言えばそうだ、寺は京、奈良が本場、大巓(だいてん)和尚も高野山で修行したのだった。馬鹿なことを言ったものだと其角は口惜しかった。下り物といって酒から古着まで上方の品物をありがたがるのが江戸である。神田で生れて水道の水で産湯を使った其角は江戸贔屓(びいき)だが、父は堅田の出自だから上方の血も流れているわけで、別に京だ江戸だと張り合うこともない。其角は自分を笑いたくなった。

この辺りは海岸に近く、水田はあまり見当らず畑には麦の青々した苗が並び、菜の花が五分咲、

桑畑が多いが未だ芽吹かずそこかしこから梅の花の香りが漂ってくる。空は薄様の紙を広げたような朧色だった。

　川崎から一刻半ほど歩いて神奈川宿。此処は港町で潮の香りを運ぶ海風が心地よい。空の色を映して朧銀をのべたような凪の海には、遠く近く幾艘もの船が浮かんでいる。

「此処の宿場は寄らずに次の保土ヶ谷で一トト息入れましょう。その先の権太坂ちゅう難所があるさかいに」

　はあ、と其角は旅馴れている近江屋に任せる。神奈川宿から保土ヶ谷宿の間は一里九町なので直ぐで、少しずつ内陸に入る。

「関東にはええ薬草がありまへんな」

　近江屋はあたりを見廻して言う。二月の半ばでは草も下萌えがやっとだが、土や植生の様子を見ただけでこの薬種商は判るらしかった。何しろ伊吹山の麓に薬草園を持っているし、時には自分も山に入るのだそうだ。

「薬草はな、本草図で見とるだけではあきまへん、実地に山に入ってもろもろの草の中から毒か薬かよう見極める眼を持たなあかん、よう似た草がありますさかいに」

　あまり口を利かなかった手代が、そら旦那さんの眼は確かなもんですよってに、京でも評判です、と口を添える。

「なるほど、では、父や私は近江屋さんから仕入れたらば間違いないわけですな」

其角が言うと、いや商売の話にするつもりはおまへんでした。と主従が笑い合った。

保土ヶ谷宿に着く。此処で一ト息入れて権太坂である。坂に名前はなかったのだが、ある時土地の年寄に旅人が坂の名を尋ねたら、耳の遠い年寄は自分の名を問われたと勘違いして、権太、と答えた。それが坂の名になったと『東海道五十三次案内』に記してあるのを其角は読んでいる。

またその名が似合う大変な登りだった。何しろ十六町ほどもずっと登りなのだ。不要だと思いつつも、万一の時武器にもなるので持っていた樫の杖が大いに役立った。

近江屋は四十六になると言っていて、其角の倍ほども年上だが、山歩きもするだけあってゆっくりだが確かな足取りで登ってゆく。荷を負っている手代さえ息切れもせず従って行くのに、其角は次第に遅れてしまった。

江戸は平らかだといっても結構坂は諸処にある。上り坂を苦にしたことなどないのに、此処では時々止まって息を入れないと足が前に進まなかった。道ばたでは荷を下ろして休んでいる者もいて、其角も坐り込みたかったが連れが先に行っているのに旅の初日から落伍するわけにはゆかない。樹立の方で鶯がホーホケキョときれいな声で鳴いた。何だか鶯にも馬鹿にされている気がする。

半ば意地で足元ばかり見つめて上ってゆくと、坂の頂上あたりで近江屋は待っていた。

「きつうおましたやろ、大事おへんか」

其角はただ頷いた。

「こっからは下り、楽になりますえ」

此処が武蔵と相模の境である。下り坂は名を品濃坂と変えて上りに比べればだらだらと緩やかな坂であったが、力を入れて登った膝が、がくがくと震えて踊るような足取りになる。連れは駈け出すような速足でまた其角は遅れた。

戸塚宿に着く頃には日が暮れて、朧にかすむ十五夜の月がぼんやりと照りはじめていた。暁に家を出たのが遠い日のことのように思える。戸塚は寛永の頃に出来た歴史の浅い宿場である。

其角は旅に出る前に、毎日旅日記を誌そうと心に決めていたが宿の夕飯の順番を待つ間に、綴じた新しい手帖と矢立を取り出したものの、とても所感など書く気になれぬほど疲れていた。品川まで見送る人の名、途中の茶代飯代を書くと、「権太坂外」思難所也」でお終いにしてしまった。こんな歩きの日々が十二、三日も続くのだと思うと初旅の心躍りが消えてしまう。江戸から京まで大体十三日かかるのが並の旅人、飛脚は七日で着くというからどんな脚をしているのかと思う。

戸塚は本陣二軒脇本陣三軒に旅籠が七十五軒もある大きな宿場になっていて、相模屋というその旅籠は中でも造作の見事な宿であった。夕飯には干物の焼いたの、大根と蒟蒻の田楽、香の物、吸物と結構な膳が出る。頼めば酒もつけてくれるというので、其角は連れの意向も聞かず徳利を所望した。

「ほう、其角さんは随分といける口のようですなあ」

近江屋は盃を受けはしたが、関東の酒どうも口に合わぬと言って一杯きり、手代も主人を憚ってか同じで、酌み交して心が通い合うと思っている其角には物足りなかった。

「街道も宿場も段々によう調ってきましたなあ。儂が初めて江戸下りした頃は」

と、近江屋は昔語りを始める。父の供をして江戸に向ったのは三十年も前のことで、道も悪ければ宿も粗末、食事は米を持参して薪代を拂って炊いて貰う宿が多かった。部屋も入れ込みでおちおち眠れもしない旅だったと言う。相模屋は二階建で部屋数も多く、三人で四畳半一部屋使っているのである。

「街道や宿場がこないに便利になったのは、参勤交代のおかげでっしゃろ。飯も酒もこうして運んでくれる、まあ費用(かかり)は増えましたがなあ」

参勤交代の制度が定まったのは三代将軍家光公治政の寛永十二年。五十年近くも以前の事である。悪路に雨露をしのぐだけの木賃宿だったのが、立派な本陣脇本陣に家来衆を泊める旅籠の数が増え設備や待遇も格段に良くなったのだ。参勤交代なぞ町人には関りないことだが旅をするとなるとおかげを蒙るわけだ。しかし大名行列にぶつかると宿がとれぬこともあるというので、出立を二月十五日にしたのであった。参勤交代は主として三月四月に集中すると聞いている。

近江屋の昔語りを聞きながら其角は存分に酒を呑み、夢も見ない眠りに落ちた。

旅の二日めは小田原までと言うのでやはり強行軍である。朝飯のあと握り飯を作らせて七ッ発ち。戸塚からは鎌倉道へ通じる路が別れる。其角は今は円覚寺に戻っている大巓和尚を思った。

一人なら寄り道していきたいところ。ともかく往き道は連れに従う他ないから、帰りには必ず鎌倉へ廻ろうと思った。

藤沢、平塚、大磯と過ぎて小田原までは十里余り。藤沢には一遍上人の遊行寺があるがこれも帰途の楽しみとして素通りし、大山道と江之島道の分岐点ではどちらもまだいっていないなと思う。旅に出たからこそ名所旧跡神社仏閣に心が行くのであって、江戸市中を歩き廻っている時には思いもしなかったのだ。藤沢も次の平塚宿も小さな宿場で、茶を飲んだり昼食をとったりしただけで先を急ぐ。日本橋から八番目の大磯は漁師町。鎌倉幕府の時代には白拍子が多くいて、曽我十郎の思い人虎御前に因む化粧坂、化粧井戸があるそうだが、飯盛女の呼び声にも耳をかさず、あたりの景色を心にとどめる余裕もなく、ひたすら連れに遅れぬよう足を運ぶ。近江屋も口が少なくなり、其角はあれこれと独り考えることができてありがたかった。

この日は晴れて十六夜の月が光と影をきわやかに見せる頃、ようよう小田原宿。はるかに難攻不落と言われた小田原城の天守を仰ぐことができた。日本橋から二十里二十七町、二日でよく歩いたものである。

小田原城は老中大久保忠朝(ただとも)公の居城で、立派な城下町であった。本陣四軒脇本陣四軒旅籠九十五軒という繁華な町並、商家も間口の広い大店がずらりと並び、名高い外郎(ういろう)や佃煮、蒲鉾(かまぼこ)など江戸にも名の聞えた老舗が眺められた。人々の行き交いも賑やかで、侍姿や中間が入り混っている。

これから向う箱根関所は小田原藩の管轄なので旅人も身を正すのか、表通りでは飯盛女の呼び声などは聞かれない。此処にも近江屋の常宿があって大きな旅籠に草鞋を解くことができた。

近江屋は手代に外郎を買いに行かせ、大根か菜種のような黒い粒を口に入れて、匂いを嗅いだり噛み潰してはとり出して見ている。おそらく丸薬の材料を調べているのだろう。京の御所にも出入りするだけあって研究熱心なのだ、と其角は感心した。

――俺は詩あきんど。詩を究めずば。

と思うが、十里歩いた足腰がとにかく休ませてほしいと訴えているようだ。夕餉の膳は赤い鯛の煮付けや鯵の刺身のつく結構なもので、其角はやはり徳利一本所望した。酒を呑むと躰がほぐれてゆくようだし、よく眠れる。

三日め、いよいよ箱根の嶮である。俗に箱根八里というが関所までの上り四里、三島への下り三里二十町。上りは半分と思えばさほどでもないように聞えるが、急な山坂、万丈の山千仭の谷、昼なお暗い木下道。途中で行倒れになる者さえいると聞く。

草鞋を新しくし、吸筒に水、薬、杖をしっかり持って一行はまた七ッ発ちをした。

とても一ト息には登れないため、立場といって休み所がある。最初の立場湯本まではさほどの苦でもなく来られたが、その先が難所だった。観音坂、葛原坂、女転ばし坂、割石坂、大沢坂と物騒な名も付いている急坂で、軀を真直に立てていられない。次の立場は畑宿。このあたりで急に涼しくなった。汗ばむほどだったのがうそ寒いほどの風。空も曇り昨日の春の陽気は幻のように消え、下萌えも見られない落葉で滑る坂を這うようにして登ってゆく。猿滑り坂という名がいかにもふさわしい。鶯や鵯や聞き慣れぬ鳥の声が聞えるが、はあはあと吐く自分の息の音の方が耳を打つ。

三つめの立場は甘酒茶屋。たった三里とはいえ平らな道を歩く倍ほども時を費やしたので此処で昼飯。飯のあとの甘酒の熱々が咽喉に沁みる。さすがに近江屋も手代も息を切らしていた。芦ノ湖べりの関所まで一里、ここから道は石畳になる。

於玉坂、白木坂、天ヶ石坂と続くがこれはさほど勾配が急ではない。登り切ると眼前にいきなり湖が広がった。芦ノ湖である。右手の湖越しに箱根権現の鳥居が見えた。いよいよ箱根関所である。

江戸口と呼ばれる大門を遙かにのぞむ広場がある。千人溜と言うそうだが、この広場にずらりと茶店や笠、草鞋を売る店、薬屋、小間物屋木綿屋などが並んでいる。まず茶店に入って関所を通る心得を教えて貰い、手形も見せて万事遺漏なきを確かめるのだそうだ。

一行は手形については何の心配も要らなかった。近江屋は京で貰った往復手形、其角も日本橋の大名主小沢卜尺の判が押してある半年期限の往復手形で、名目上医学修業の為となっている。俳諧師ならば遊芸人と同じで手形なしに通られるのだが、扱いが悪いだろうと父が手配したのだった。

大門を入ると高札が立ててあり笠や被り物を取ることその他心得が記してある。関所は広大な建物で道の両側に上御番所と向番所があり、目付役、番頭、足軽などが詰めていた。江戸口からの旅人はそう多くはなく、三島口には行列が出来ている。其角たちは向番所で手形改めを何事もなく済まし関所を通ることが出来た。向番所には突棒、刺又、袖がらみと呼ぶ捕物用の武器があって、罪もない旅人をも縮こませる気色があった。

関所を抜けると本陣、脇本陣、旅籠、厩、駕籠(かご)屋が並んでいる。ざわめいている。

「下りは駕籠にしまひょか。空模様も怪しげですよってに」

近江屋に問われて一も二もなく其角は頷いた。関所を通るまではやはり気を張っていたのが、急に登りの辛さが足腰に来て萎えるようだったのだ。

登りにだって駕籠や馬を使う手だてもあったわけだが、近江屋が言うには、駕籠は楽そうに見えて実は後が大変、何しろ急坂を登るのだから傾く、必死に命綱を握ってずり落ちる腰をなかば立てていないとならない。馬だって鞍にしがみついて前倒しの姿勢でいなくてはならず、下りた後での手足腰の痛みといったらこの上ない、歩きはしんどいが湯に入って一晩寝れば治る、ゆえに登りは徒歩ときまったのだった。駕籠を三挺仕立てた。

三島への下り三里二十八町、疲れ切った足を休めるのは有難かったが、ずっと緩やかな坂とはいえやはり傾くので命綱を両手で握って身を反りかえらせていなければならぬ。平らかな江戸の町駕籠とは全く違うと其角は思い知った。

低く垂れこめた空から雨粒が落ちる。駕籠の先棒の背ナが見る間に濡れそぼってゆく。

七ッ下りの雨だった。宿に着く頃には本降りとなり、沛然(はいぜん)たる車軸を流すような雨である。

三島の宿の二階、行灯を点して其角はひとり書見をしていた。

近江屋と手代は湯に入ると言って出かけた。其角も誘われたのだがくたびれたし、江戸へ便りを書く用もありと断った。湯は宿で済ませるつもりである。三島の湯は湯女が評判で三島女郎と街道案内にも書かれているほどだが、其角はともかくも独りになりたかった。

旅馴れた連れがあるのは便利だけれども、話すことといえば薬草の話、効き目の話、京の医者の評判などで、俳諧の話はできない。これが連衆の連れだったらどんなにたのしかろう、折々に付合をしながら旅の一巻も出来ようというもの。それで一人残って持参した『虚栗』をまた披(ひら)いてみたのである。

縦七寸横五寸の半紙本袋綴じ二巻、縹色無地の表紙に上巻は「ミなし栗上」、下巻「みなし栗下」と墨書、上巻内題『虚栗集』。

なぜそれぞれ題簽が異なるかといえば、版下を書いた其角の気まぐれとしかいえない。実は、上巻春夏の部は早くに版木屋に出し、下巻までに一年近く日が空いたのだった。

所収の発句数四百三十余り、歌仙八巻、重伍一巻、三ッ物六、漢句三、のほか、山口素堂が不忍池の蓮を詠んだ荷興十唱、芭蕉の跋文。其角の漢文跋のあとに、

凩(こがらし)よ世に拾はれぬみなし栗　　晋其角撰

と止めている。作者数百十四人、蕉門は芭蕉、其角、杉風、卜尺、嵐雪、揚水、李下など網羅し、上方からの才丸、千之、千春、一晶、信徳ら、藤匂、露章、四友、翠紅らは旗本や大名家臣で新しい連衆、暁雲、椎花、空鬼らは画師である。そして上巻春の発句第一は大巓和尚こと幻吁(げんく)の、

礼者敲(たたく)レ門ヲしだくらく花明(あきら)か也　　幻吁

を置いた。これは臨済の『碧厳録』にある七言絶句の終二行「柳暗花明十万戸、敲レ門処々有人レ応」を踏まえた句である。下巻筆頭は父東順の「初秋の風かたへは白し青西瓜(わか)」を据えた。これはわが子ながら才溢れる其角の実りを期待しながらも未だ尻は熟さぬという戒めでもあろう。「重伍」というのは五月五日に集まった挙白と松濤との三吟で、五が重なるのだから重伍二十五句というのは如何、と思いつきで遊んだもの。挙句が長句になる変った形式で、芭蕉に叱られるかと思いつつ見せたら、「面白い、古式を破るのも道を究める手だてのひとつ」と入集を許されのだった。その芭蕉の自筆を彫った跋文は、

「栗とよぶ一書其味四あり／李杜が心酒を嘗(なめ)て寒山か法粥(ほうしゆく)を啜る」と始まり西行の侘と風雅、白楽天の恋の情と伝統を踏んだ味わいを持ち、荘子風の虚実わかたぬ変幻自在の表現が為されているると謳いあげ、終りを「宝の鼎(かなえ)に句を煉(ねり)て竜の泉に文字を冶(きた)ふ／是必他のたからにあらず汝が宝

にして後の盗人を待」とまとめ、「天和三年葵亥仲夏日　芭蕉洞桃青鼓舞書」と記してある。

何度読み返しても心弾み、本当に鼓舞される跋文だった。これは荘子の「其筆端鼓舞変化／皆不レ可以尋常文字蹊径求レ之」を引いて、「虚実変化を取り入れ興の赴くまま、皆その真意を尋ね求めよ」という心を表わしているのだ。ずっとのち、父も師も亡くなってから其角は榎本姓を宝井と変えて自称するが、それはこの跋文の宝の泉から取ったものである。もとより今三島の宿でそんなことを思いつくわけはなく、うん、やっぱり見事な撰集だ、京ではどんな評判だろう、と自負と期待の心が疼くばかりだった。

父へ宛てて箱根の関所を無事越えたという短い手紙を書き、宿の者に飛脚便を頼むと風呂に入ってすぐ寝た。連れの二人は湯女宿で遊んででもいるのか、寝入るまで戻ってこなかった。

翌朝も早立ち、しぶしぶながら雨は止んでいる。空は雲がまだ低く七ッ時は暗闇同然だったが、これからは平坦な道が続き、宿場間も二里に満たない短い道程。沼津過ぎて空が晴れ渡り漸く富士を目近く見ることができた。原という小さな宿場では、山稜がでこぼこした愛鷹山（あしたかやま）の向うに朧な霞をまとって富士が優美な姿を見せている。

富士の朧都の太夫見て誉（ほめ）ん

一句浮かんだ。霞の中にすらりとした稜線を裳裾のように引いた山容が、美しい女人の立ち姿を思わせ、それが吉原三浦屋の太夫薄雲を連想させて富士に向き合せたのだった。

――ううむ、これなら深川へ便りも出せようか。

内心思った。まだ芭蕉には便りを書いていない。旅に出て三日目ということもあるが、便りの端書きにする発句が出来なかったからである。俳諧師は旅こそ修行の場であるのに、日記に書きつけはしてもとても師にみせられるような作ではないのだ。

――まあ旅はこれから。

この辺り暖国である。歩きながら其処此処から梅の花のよい香りが漂ってくるし、ちらちら黄いろい畑は菜の花か。箱根峠の寒さが嘘のような良い気候だった。

その日は蒲原泊り、次の日は府中宿で駿河城を遠望し、二十三番宿場島田に辿り着き、いよいよ大井川の川越えである。

大井川に何故橋も渡し舟もないのかというと、急流で工事が難しいとか、幕府が西国大名の謀反を防ぐためとか、川の両岸の川会所の収入(みいり)の減るのを嫌って舟を出さないとか、さまざま言われているが、無いものは無いのであって馬か川越人足に頼るほかない。

川会所はその日の水量を見て渡し賃は川札というものを求めるので、水の深さが股下のときは人足一人四十八文、帯下のとき五十二文、脇通のとき九十四文となるそうだ。肩車で越すのが一番安いが、其角と近江屋は二人乗りの平蓮台、手代は肩車。平蓮台二人乗りは人足六人付くから結構な物入りだった。雪解け水もあってこの日は帯下だったのである。

「近江屋さん、水練はおやりで？」

平蓮台は摑まる柵なぞない。身を伏せるようにして蓮台の縁を摑んでいる近江屋の、指の関節が白くなっているのだ。

「いえ」

近江屋は首をかすかに振り、目頭で人足の顔を見、

「其角さんは御達者でしょうな」

と声を張って言う。え、と思った其角はすぐ、泳げぬ客と見ればわざと蓮台を傾けたり揺らしたりして、割増の酒手をねだることもある人足の耳を憚っているのだと気付いた。「ああ私は河童もどきのようなもんです。何しろ江戸は舟で行く所が多いですからな、子供の時から水練は皆仕込まれます」

朗々と言った。波音が高いのである。

「ああ、そうどっしゃろな」

近江屋は少し軀を起した。其角だって確かに泳げはするものの、江戸の大川や小名木川の緩やかな流れでちょいと軀を濡らしたくらいで、とてもこの大井川に投げ出されたら助かるものではない。案ずることもなく人足たちは黙々と向う岸へ運んでくれた。肩車の手代は先に着いている。

「やれやれ、わては金槌ですよってに。何べん乗っても川渡りの蓮台は嫌なもんどす」

「しかし、蓮の台（うてな）といいますからな、落ちても極楽へ行けるんと違いますか」

「とんでもない。地獄行きですがな。しかしまあ箱根の関と大井川を渡れば、後は楽なもんどす。宇都の峠くらいがちと難所だが」

近江屋の言葉通りそれからの道程は何事もなく進んだ。雨風の日もあったが、急ぐ旅ではなし一日休んで神社仏閣に詣ったりして、其角も心にゆとりが生れ繁華な宿場では湯宿に遊んだりもした。

箱根の関所より構えは小さいが改めはずっと厳しいと聞いていた新居の関所もすらりと通される。東海道に関所はこの二つだけなのである。

宮の渡しを武家も町人も百姓も旅芸人も呉越同舟といった様子で渡り、桑名の宿場で名物焼蛤で一献傾けているとき、改元のことを知った。

二月二十一日、天和は貞享と変ったのである。


春は弥生の花の京。其角は一人で東山の山裾あたりの神社仏閣を巡っていた。

「都ぞ春の錦なりける」と古歌にある通り、淡い紅を透かした桜の白い塊りが、寺社の屋根越しにふわふわ浮き上って、若楓のさみどり、松の濃い常緑、楠若葉の黄緑とこの上ない眺めを、まず清水寺の舞台から見渡し音羽の滝の堂にも賽銭を投じて、今は高台寺。

京へ着いて今出川通の近江屋本店に草鞋を脱いだが、幾日でもゆるりとご逗留を、という近江屋はしかし、客人としてのもてなしではなかった。近江屋にしてみれば江戸の出店の主人の嫁の兄。使用人なみの部屋と食事であった。その食事のつましさにも吃驚させられたし、何の菜でも薄味なのが物足りないし酒もでない。江戸では芋の煮っころがしは黒く見えるほどだが、こちらの芋煮は白いままで生かと思ったくらい。口に入れてみると案外味はついているがやはり口に合わない。

京の誰彼に便りすると、江戸で何度も一座した千春が飛び立つようにやってきた。

「首長うして待っておりましたぞ、町飛脚の来るのを今日か明日かと何度も軒先に出てみる始末。何はともあれわが家へお移りなされ」

せせこましいがと案内されたのは下鴨神社に程近い川沿いの店で、紙卸問屋であった。間口の狭い店と思ったら奥が深く、中庭を突き抜けて裏通りまで続く細長い住居。のちに知ったが京は間口の広さで地租がかかるので皆こういう造りなのだそうだ。江戸は将軍家のお膝元で地租がないから三十間間口の越後屋なぞあるのだ。

翌日から千春はせっせと其角を引き廻してくれた。『虚栗』を江戸と同時に発売した三条通の西村市郎左衛門肆にまず挨拶。

「おお、このお方が其角宗匠でござらっしゃる。ご上洛を待ち兼ねておりましてん、何しろ『虚栗』は大層な評判でござりまして」

この店も細長かったが下へも置かぬもてなしぶりだった。二版刷り直した幾何(いくばく)かの収入(みいり)も渡された。北村季吟邸にも挨拶に行き、老宗匠の季吟とは挨拶しただけであったが、子息の湖春も居

合わせて、

「今は三条間(あい)の町に誹諧堂を造作しましてな、そちらの方に移っております。是非お越し下され、逗留客の為の部屋もありますよってに、京と江戸の俳諧合戦いたしまひょ」

其角よりは三つ四つ年下のようだが、すでに父の後押しで『続山井』を上板し、鷹揚な大家の風格もある湖春だった。

かつて江戸で芭蕉と素堂と『江戸三吟』を物して集を出した伊藤信徳にも会った。これは新町通竹屋町に間口も広い立派な店を構える富商。袈裟屋というか寺院の僧衣を扱っている大店(おおだな)だった。ここでも後日の俳諧を約し逗留を誘われもした。

京で最初の俳諧興行は湖春に招かれてのこと。珍しい客が見えたから是非と呼ばれて千春宅を辞して移った。

客は有馬涼及(りょうきゅう)という医者であった。御所に仕える名医と評判の人であるが、また奇人としても知られていると聞いた。

花に鐘けふも暮(くれ)ぬと聞者哉　　涼及
　八重山吹は京へ出ぬ人　　其角
朧月鵜匠の家にすじかひて　　湖春

という付合に始まる歌仙一巻を首尾するうちに、其角はこの型破りな涼及の人柄が気に入った。世間の思惑なぞ全く気にしない人らしく、高名な医者なのにふざけるのが好きなようであった。其角の父が本多藩の侍医と聞くと、一言のもとに、

「あんた、そないなもんは止めときなはれ」

とばっさり。自分も宮仕えだが不自由で困ると言う。涼及が帰ったあとで、

「あの御仁は、宮中でお召しがあったのに囲碁の勝負がつかなんだと言って行かずじまい。咎められて山科に蟄居させられはったが、やはりあの名手でのうてはとすぐもどされはったんどす。大したことのない病人は放っといても治ると言わはりましてな」

湖春が笑いながら話してくれた。また涼及は花の咲いた根つきの桜の樹を丸ごと運ばせ、根を菰包（こもづつみ）にしたまま縁側に横たえていたのを、人が移し植えないのかと訝（いぶか）しがって問うと、寝て花見がしたいのだと答えたそうだ。ある時は百貫もの財を費やして茶碗を購め、撫子と銘打って楽しんでいるのが評判になり、湖春の父季吟が立ち寄って茶を一服所望したのち、評判の茶碗を拝見したいと言うと今まいらせたのがそうだ、という返事。季吟は、

「自分の老眼のせいではなく心が闇（くら）くて見抜けなかったのである」

と帰宅して恥じ入ったことを語ったとも。其角が、

「百貫の値の茶碗ならば大切に納めてあると皆思うことでしょうな」

と言うと、

「それそれ、そこが並のお人ではござらなんだ。季吟一生の不覚と申しておりましてな、あ、いや、これは父の恥、あまり他人に言触れなさらんで下され」

其角はそう言う湖春にも涼及にも好意を持った。季吟は息子に包まず話すところが偉いと思う。其角は人付き合いに苦労したことがない。俳諧衆というのが皆そうかも知れぬが、一座して付け合っていると初対面でもおよその人柄が判るもの。妙に自作に拘る鬱陶しい者も中には居るが、座を重ねてゆくうちに拘りを捨てるようになる。俳諧にはそのように自分を無にする功徳があるのだ。

——そこが師匠の言うように禅の正覚に通ずるところかもしれぬな。

高台寺からまた歩いて祇園に程近い建仁寺に辿り着く。町絵図をもっていれば京の町はまことに歩き易い。この日は一人で歩いてみたいと、供をつけるという湖春に断ってそぞろ歩きを楽しんでいるのである。

建仁寺垣の風雅な佇まいを、これこそ京の雅と思いながら禅の祖栄西が建立した広大な塔頭の並ぶ庭に立つ。道元も此処で七年修行し、師明全と共に宋へ旅立ったのだ。明全は宋で客死したがその遺骨を抱いて戻った道元はこの庭に明全塔を建てて遺骨を納めたのだった。三尺足らずの小さな塔であった。

宋から帰国した道元は四年ほど建仁寺にいたものの自分の教義を全うするために深草に移り、興聖寺を建立し「修証一如」「只管打座（しかんたざ）」を唱え『正法眼蔵』を著わした。いずれ興聖寺にも参詣し大巓和尚に便りするつもりだが、今日のところは東山近辺で一人歩きを終えるつもりだった。明日は吉野山へ発つのである。花は吉野、紅葉は龍田と古来からの約束の場所であれば、俳諧衆として是非とも足を運ばねばならない。

其角は一人旅の心算であったが、千春の門人李渓（りけい）なる者が家業の菓子商に吉野葛買付けの用がある、とここでも供連れができた。

其角は京の味に馴染みつつあった。馴れると里芋も大根も本来の色を残した煮付が雅びに思われる。茶の質の良さ、酒の旨さ、甘いものはさほど好まないが京菓子の品の良さ細やかさにも感嘆した。町行く人々の衣裳もあでやかである。まだ島原は覗いていないが。

吉野行きは雨に祟られた。往きも帰りも降られて草鞋足袋脚絆を何度も買い替える始末。見事な桜もしょんぼりとしてみえる、ただ僧坊に一夜泊った暁方、少し雨が止んで明の明星がひとつ輝き山の端に雲がたなびき、雲か桜かという情景に出合って、

明星や桜さだめぬ山かづら

の一句を得たことが慰めであった。「山かづら」とは雲が峯にたなびいている様をいうのだが、奥千本のあたりは殆ど雲と一体のように見えた。

しかし書き留めた時はさほどの作とも思わず、同行の李渓にも他言しないでくれと言ったくら

いだったが、のちに師の芭蕉から賞められてやっと公開したのだった。
吉野の花を詠んだ句として有名なのは、安原貞室（ていしつ）の「これはこれはとばかり花の吉野山」があり、桜満開の吉野へ上った者は皆、ついこの句を口吟むという。芭蕉はのちに坪井杜国（とこく）と同行二人で上ったとき、貞室の句と共に其角の「明星や桜さだめぬ山かづら」を口に載せて、ついに自分の句作はできなかったと書状に誌している。それはまだ先の事、其角は詠んだ際にはあまり自信がなかったのだった。

皐月に入って信徳の家に移った。

延宝六年に江戸下りをした信徳は、桃青、信章（しんしょう）と三人で『江戸三吟』なる集を物して京に戻った。その評判よろしく、今は芭蕉、素堂と名を変えた二人のことをなつかしがる。

「桃青どのは息災でおますやろな」

「はい、このたび上洛するに当っては、信徳どのにくれぐれもよろしうにと申し渡されております」

信徳は其角より十一年の年長で、富商の貫録があり、自然と言葉使いも丁寧になる。

「いや、かねて其角どのの上洛よろしうお取計い下されと書状も頂いております。ひとつ江戸三吟のひそみに習って京三吟を物し、集として土産になされてはいかが」

「それは願ってもないこと、して三吟のもひとりはどなたに」

「ふむ、誰がよろしかろ。千春さんはお馴染だすな。声かけてみまほ」

千春なら親しいと思っていたら、他に二人信徳の弟子が加わって五吟ということになった。信徳の顧客先の僧只丸と分家の虚中である。それぞれが発句を立てて五歌仙。皆仕事がありできあがったのが月末だったが、そこへ江戸に来て一座したことのある春澄が、友静、千之という連衆を伴ってきて、是非入れてほしいと言い、追加として世吉四十四句も巻くことになった。これは『蠹集』として七月中元すぎに出板された。

五歌仙を巻いている間に其角は、京大坂の俳諧衆の噂をつぶさに聞くことができた。

「京に居はった才丸はんは大坂へ出て、才麿と名も立派にしはって宗匠の門戸をひらき、大した繁昌ぶりだっしゃろ」

「初め西鶴はんの門衆でおいやしたに、今は手を切って向うを張ってござるとか」

「とどのつまり、宗因どのの後継は誰に決まりましたどすか」

「それが、さ」

信徳は談林派ではあるが西山宗因の直弟子ではなく、京で談林の狼火を挙げた菅野谷高政の門下であるという。天和二年に宗因が亡くなったあと、名跡を誰が継ぐかで一騒動あったらしい。高政は宗因の死と共に俳諧から遠ざかって隠栖してしまい、大坂では衆目の指すところ西鶴と思われていたが。

「西鶴はんは浮世草子に手をかけられましてな、『好色一代男』ちゅうのがあなた、大層な評判でして」

「才丸、いや才麿はんはそれで見切りをつけたんどっしゃろか」

「どっちもどっち、一癖も二癖もあるお方たちどすよってに」

其角は少し気がかりだった。才丸も入集している『虚栗』はもちろん京の書肆に送るよう手配している。確か入花料に祝儀を添えたずしりと重い包みも受け取ったはず。受け取りの礼状に西鶴どのにも一冊進上したいと書き添えたが、あれは宛先が京の何処やらであった。届いたのかどうか。

「その西鶴どのの浮世草子はどんなものですか」

誰へともなし問いかけると、皆顔を見合わせて首を振った。

「わてら読んどりませんのや。そないなしょうむないもん」

「何でも光源氏を大坂商人の息子にして女色漁りの筋書のようでんな、いや、人の噂で」

「すると、俳諧の方は捨てられたのでしょうか」

そうでもないらしい。宗因の一周忌には追善興行をしたが、あの大家の追善なのに連衆はわずか八人だったとか。延宝三年には妻の死を悼んで一日千句興行、八年には何と四千句興行したという。

「興行、とは？」

「そらあなた、前触れして札(ふだ)立てて人集めして寺銭とっての詠句だす」

「はあ、見物人の前で詠むのですか。一日四千句」

其角は呆れた。途方もないことを思いつく人だと思う。江戸を発つ前から大坂では西鶴に会うてみたいと思っていた。しかしここの連衆は西鶴との交流はないらしい。才丸を当てにしていたのに手を切ったとは。いや才麿だ。それにしても西鶴に限らず他門の俳諧師の噂話の辛口には驚かされた。

「まあ、京大坂は貞徳、重頼、宗因という宗匠のお膝元ですよってにな、そらいろいろありますねん、江戸では他門の謗(そし)りなぞ聞きまへんでしたな」

信徳が取り成すように言う。

「はあ、桃青師匠は他門の噂など一切なさりません。ただ自分の俳諧を日月に新たにする工夫に腸を裂いておられます」

ああ、皆々恐れ入った様子を見て其角は気を良くした。

この連衆も悪い人たちではない。一巻ずつ首尾してゆくごとに気心が知れてもう十年の知巳のごとしである。

一夜連衆打ち揃って島原へ出かけた。

島原は三都の遊里の中でも一番歴史が古い。豊太閤が二条柳馬場に遊里を定めたのを初めとして六条三筋町が繁昌したが、火事などもあって寛永十七年に西の洛外に移された。元は大根畑芋畑であった朱雀野に、東西九十九間、西北百三十三間を塀で囲った別世界が生じたのは、江戸の元吉原と新吉原の生れ方によく似ている、というか京が先なのだが。

新吉原もそうであるが少し淋しい不便な道を辿って傾城に会いにゆくのは風情があってよいもの。島原と名が付いたわけは、三年ほど前島原の乱があり、まだその騒ぎが耳目に新しいうちに遊里の引越、それが島原の乱さながらというので名になったのだそうだ。

前日に其角は千春から『桃源集』なる遊女評判記を貸して貰った。二十年前くらいの古い本だが、島原を音訓みにして桃源郷を掛けたのは洒落ている。一人一人の花魁の名と評判がある。

▲金山
いつ見ても同じ小さゝなり。六根残る所なく美くし。これをや水晶のすり屑とは申侍らん。かぐや姫の竹の中より出られし時やか様にありけん。唐（もろこし）の金山様といふなれば日本にならぶ人はあらじな

――水晶のすり屑、とは面白い見立だな。

二十年も前の評判記だから、この金山なる花魁は見るべくもないが、いかにも嫖客の気をそそる褒めようではある。自分が吉原の花魁見立を書くとしたらどうであろう、などと思った。のちに『吉原源氏五十四君』という遊女評判記を書いた種は、この時播かれたのかも知れない。

島原はさすがに吉原にもまして造り彩（いろど）り道具衣裳の華やかな別世界であった。

揚屋という手引所に上って酒、音曲、芸子（げいこ）に幇間、呼出し差状を店に届けて花魁が供連れでや

ってきて宴、連れ立って店へ上るという段取りは吉原と同じ、いや吉原が島原に倣ったのだった。花代は、太夫銀六十匁、天神四十匁、囲い二十匁、見世が五匁と、京大坂は銀遣いであるがおおかた吉原と値も変らぬようだった。違うのは化粧の濃さで塗りたてて真白な顔にちょんと花びらを置いたような紅の唇、眉をぼかしてほのかに丸くしている。まるでお雛様が並んでいるみたいだ。と其角は思った。この白塗りのお雛さまたちは口も利くし、なよやかに酒も注ぐ。音曲や唄や踊りは芸子である。

一行の中で一番遊び馴れているのは千春らしい。幇間と頓智の応答などして座を盛りあげており、其角の傍についた滝川という源氏名の花魁に、

「このお方は江戸でも名ある俳諧宗匠でな、実はさるお大名の庶子の娘の落し種、世を拗ねてかく身をやつしておられるのじゃよ、京の水で洗うて磨いた花を手折らんとはるばるのお出まし、粗略に扱うてはあきまへんぞ、さあさ、盃を」

などと言う。そんな出任せをと苦笑しながら其角は盃を重ねた。酒は旨い、京の酒は旨いと思う。花は色は眺めているだけでたのしい。色よりも酒である。

座はいよいよ賑やかになって小唄が出る、仕舞の心得ある信徳が立ってなかなかの手振りを見せる。其角の知らない京の流行唄（はやりうた）を皆で手拍子とって競う。

「ひとつ其角はんにも江戸仕込みの芸を」

誰かが言い出し、やんやの唆しである。

「では、手前味噌ながら千春さんの『武蔵曲』に入れた樽うたを」

逃げ切れぬと思った其角は、自作の小唄ぶりを勝手な節廻しで唄った。樽うたは座興で詠んだものを師翁の一言で入集したもの。

樽うた

鉢たゝき／＼　暁かたの一声に
初音きかれて　初かつほ
花はしら魚　紅葉はぜ
雪にや鰒(ふぐ)を　ねざむらん
おもしろや此　樽たゝき
ねざめ／＼て　つねならぬ
世を驚けば　年のくれ
気のふるう成　ばかり也
七十古来　まれなりと
やっこ道心　捨ころも
酒にかへてん　樽たゝき
あらなまぐさの樽扣やな

喜んだのは『武蔵曲』を編んだ千春で、終りの一句には声を合わせた。それで酒宴はいっそう盛りあがる。

ようようお開きになって、滝川の部屋へ案内されたのは三更のころ。部屋持ちなので滝川は天神の位なのであろう。脱ぐ衣裳も見事だが道具布団も豪儀なものだった。

「その、白粉、紅を落してはくれまいか」

白粉には鉛が入っている。医者のはしくれとしては首から肩まで塗りたてた女を抱く気になれない。

滝川は、へえ、と素直に立っていった。暫く待たされて部屋に戻った女は、むきたての茹で玉子のようなつるんとした顔に、ちまちまと目鼻がついて可愛いい。

「ああ、素の顔の方がよっぽどきれいだ」

二枚重ねのふっくらした布団に抱き入れて囁くと、へえ、おおきに。骨のないような柔らかな躰を抱きしめながら其角は、こういう女を手活けの花にするのも悪くないな、などと思いつつ滝川と夢うつつの恍惚境に入っていった。

才丸改め才麿から便りが届いたのは、遊里から戻った翌日であった。

むくむくと大入道が並んだ雲の峯の下、住吉神社の境内はそれでなくとも暑いのに人いきれでうだるようだった。

「西鶴二万五千句大矢数興行」と墨痕淋漓（ぼっこんりんり）の立札が大鳥居の外側に立ててあり、木戸銭を受け取る若い衆が声を張りあげている。

社殿の中央に顔の大きな男が麻の単衣姿で胡坐をかき、ひっきりなしに何か喋っている。これがこの興行主の井原西鶴。ふだんはぎょろりとしている眼を半ば閉じて、休みなしに句らしきものを吐き出している。句らしき、というのは、後見人として左右に並ぶひとりの其角にも、何の句か聞き取れないのである。

水無月はじめ其角は淀川を舟で下って土佐堀川北詰に上り、才麿を訪ねた。別に西鶴宗匠と手を切ったわけではない、と才麿は借家だという靭（うつぼ）町のさして広くない住居で弁明した。

『浮世草子』の方で忙しい西鶴が俳諧興行を催さないので才麿が呼ばれ、いくつか座を重ねているうちに弟子衆が集ってしまったのだ。西鶴に筋は通してあるし、門弟で宗匠立机した西吟（さいぎん）、草子の方を手伝っている団水（だんすい）とも交流している。

「何せあの方はちまちま歌仙なぞ巻いて納まっているお人やあらしまへん。『好色一代男』は大層な人気でしてん、それに以前、一日四千句興行しはったのに、その後わてが一万句やっつけましてん、さらに一晶はんが一万三千五百句でかされてな。負けてはおれぬとまた大興行しはるそうで」

という才麿は、西吟、団水と引き合せてくれ、団水から西鶴に其角の来坂が伝えられて六月五日の一昼夜二万五千句興行の後見人に仕立てられた次第なのだ。

朝まだき、其角が借着の紗の黒紋羽織に袴で団水に連れられ摂津の住吉大社に着くと、短軀肥り肉(じし)の顔の大きな西鶴が紋付袴で待っていた。後見人として髙滝以仙(いせん)、前川由平(ゆうへい)その他古老と見える俳諧師が六人もいたが、知らぬ名ばかりだった。皆老人なので二十四歳の其角は目立つ。口上者が社殿の前にいて、

「さて後見人に控えましたる若き俳諧師は、これなん江戸表より馳せ参じられたる其角どの」

と披露し、まだ少なかった見物衆からわっと喚声があがった。

それから二刻(ふたとき)（四時間）も過ぎて蒸暑さはつのり、西鶴がまず羽織を脱ぎ袴を脱ぎ袖をまくりあげる、その間も句を吐きつつという有様。湯呑が置いてあって時たま唇をしめらすが食事はとらない、小用に立つときも筆記者を従えて厠に、というすさまじさだった。もっとも大汗みづくのためか小用には一度しか立たなかった。筆記者は四人もいるが鉄砲玉のような矢継早の詠句を書き留められたのかどうか。

其角が耳を傾けても、かな、とか、けり、とか、松、笠、雨、などたまに聞き取れるだけ。口上者が「只今六千句」と声を張りあげると見物衆がわっと手を叩く。見物衆も飲み食いしたり腕相撲したりでじっとしていない。

――何か身の内から火を噴いておるような。

噴いているのは火ではなく汗だが、こういう何の益もない興行に身を削っている西鶴を、面白い男、と其角は思った。きっと師翁なら眉をひそめられよう。しかし、西鶴の身から噴きあげるような熱はまた格別のものではあった。

驥の歩み二万句の蠅あふぎけり　　　其角

席を抜けて膳を取ったり仮眠したりして翌日の卯の下刻に終った大矢数に、其角はこの一句を呈して辞した。西鶴は二万三千五百句を吐きぶっ倒れたのである。

後日、団水に伴なわれて鑓屋町の西鶴宅を訪ねた。あれだけの大仕事を成す俳諧師にして浮世草子の作者、さぞ豪勢な暮しをしているかと思いきや、案に相違してごく普通の別に風情もない小家、声をかけたら西鶴自身がよれよれの単衣姿で出て来、

「おお、これは東都の蠅払い人」

と大声をあげて笑う。ちらと覗いた家の中には娘らしい女の子が二人。ひとりは盲目とは後に知った。連れ合いはもう亡くしている西鶴なのだった。

家に招き入れもせず、着更えて出てきた西鶴は知り合いの小料理屋へ案内した。団水は所用があると逃げ、其角、西鶴は二人きりで酌み交し語り交したのである。

二万三千五百句を吐き出した男は、もうそのことは語らず其角の『虚栗』を賞め、大坂の俳諧

師を痛罵し、商売人の気質を論じ、新町の花魁の品定めをし、饒舌止まるところを知らなかった。身内に溢れるものを堰き止められない男なのだ。

――こういう奇才を見るのは面白い。

人には人本来の気質度量がある。矯められる者と矯めずにありのまま生きる者と。芭蕉は前者だし、西鶴は後者。では自分はどっちかというと俳諧師になるまでは抑えて学問や医業や禅に親しんで来た。今はどちらかと言えば西鶴に近い気分。

其角は大坂から伊勢に向った。普通江戸から京へ向う者は途中で伊勢への道を辿り、神宮を拝んでから京に上るのだが、往路は近江屋といっしょだったせいでそれが出来なかった。

全くの一人旅だったが、かえってのびのびした開放感がある。それに一人旅と言っても当節抜け参りおかげ参りと称して、伊勢路は西も東も結構な人出で多数の連れと歩くようなものであった。

京へ戻り、再び湖春の誹諧堂に身を預けた其角に、また新しい出会いがあった。

「涼及はんが誰やら会わせたいお人がおるゆうて、午すぎ見えますのや、今お使いが来よってな」

湖春から伝えられた涼及の会わせたい人、というのは三十くらいの眉の濃い色の浅黒い品のある男。

「こちらは向井元淵、いや俳号はたしか」

涼及はのっそり入ってくると連れを省りみた。

「はい、向井去来と名告っております、よろしうに」

「このその去来はんは、儂と相勤めの元端どのの弟御でな、こないだ宿直の入れ替りの暇にちょっと其角はんのことを話しましたらぜひ会わせてほしいて、この弟御さんがな」

言いながら涼及は座敷を見廻している。

「涼及殿は、話より先にあれどすな。用意してござります」

湖春が笑いながら手を打つ。すぐ弟子が酒の支度を調えてきた。

——元淵とか、去来とか、あ、どこかで聞いたはず。

思い当った其角は、

「晋其角と名告っております。そういえば上洛の道案内の近江屋という薬種屋に聞いておりました」

と挨拶した。ああ近江屋、と涼及も去来も頷く。盃を交して何ごともない話のあと、涼及は所用があるからと辞し、湖春も俳諧の座に招かれていると立ち、初対面の二人が残された。去来はむしろそれを喜んでいるふうだった。俳諧は田中常矩の門に入ったがその師は延宝二年に四十歳の若さで亡くなり、その後は特に誰に師事することもせず、ひとり諸集を読み漁っていたと言う。

「『虚栗』を拝見しまして血が湧き全身に漲るのを覚えました。これこそ今の俳諧であると存じ、編者の其角どのにお近付きになる手だてはないものかと案じていましたところ」

兄が涼及の話を聞いて筋道を付けてくれ、飛び立つ思いで駈けつけました、と篤実な口調で去来は言った。

其角は嬉しくもあったが少し照れ臭い。

「去来と号されるのは景徳伝灯録からでしょうか、白雲自去来（おのずからきょらいす）の」

と話をそらした。

「左様です。無心自由自在と思うてもなかなかその境地には達しませんが。で、晋其角と名告られるのは易経からでしょうか」

「さようで」

二人は何となく笑い合った。双方とも禅と易の学問の心得があることを知ったわけである。

それから初対面とも思えず話が弾んだ。

「虚栗とは何ゆえの題簽ですかな」

「ああ、これは、師の芭蕉どのがつねづね、わが風雅は夏炉冬扇の如し、世にさからいて用いられることとなしと申されるによって、私も世に拾われぬみなし栗と唱和したわけで」

「ほう、もともと俳諧は犬筑波集とあるように和歌連歌には一段下ったものと自ら卑下しておりますが、しかし、夏炉冬扇も時節が来れば大いに用いられましょう」

連歌の筑波集に対して最初の俳諧集を犬筑波と卑下したのは、雅に対する俗の韜晦（とうかい）であるが、その中にこれこそひとびとの暮し、生の声という自負も籠められているのだ。そののちの俳諧の隆盛がそれを示している。

去来とは話が合った。学識も物の感じ方もさまざまな句の評も共感できる二人だった。

「師と申される芭蕉どのは、どのようなお方でござりますか」

去来に問われて、其角は自分でも思いがけなく熱心に芭蕉の教えを語った。十四歳で入門してから折々に語られた言葉。句評、そして自分の戯れに作った樽うたを『武蔵曲』に入集を薦めてくれたこと、「重伍」という古来にはない形式で巻いたものを、叱られるかと思ったら面白がってくれたこと。

「俳諧は日々に新たなり、と申されます、新しみは俳諧の華とも。世阿弥の能、利休の茶、道に通ずるところ一つなりと」

喋っているうちに深川の貧しい庵がなつかしく思い出されてきた。去来は自分も芭蕉の門に入りたいと言う。京大坂に名だたる俳諧宗匠はごろごろいるが、入門したいと思う宗匠はいない、遠方でも教えは乞われようかと尋ねる。江戸へ戻ったら早速にその旨伝えましょう。師翁も伊賀に旅され京へ廻ることを考えておられたからと其角は請け合った。

「これほどお若い方とは思いもよりませんでした」

聞いてみると去来は丁度十歳年上であった。後日を約して帰った去来とは良い連衆になれそうだ、これが『正法眼蔵』にある感應道交（かんのんどうこう）ということだと思った。

八月十五日限の手形を眺めて嘆息する日が続いた。一年限の手形にすればよかったと悔いるが、京の油照りの夏が終わるころになって其角は体調の変異を感じていた。何しろ酒が旨くないのである。すっかり馴れて薄味の滋味を楽しむようになった京料理に箸が進まない。それにくたびれ易い。京で寝こむような事態になってはおおごとである。

文月も半ば、其角は帰り支度を始めた。

千春、信徳らと巻いた五歌仙と世吉一巻の『蠹集』は版元を急がせて江戸への土産になるよう仕上げて貰った。信徳は其角に一文も出させなかった。自身の『江戸三吟』も全部負担したのに、である。

――富商は違うな、江戸なら入花料くらいは出させられるが。

京の富は時代の蓄積があるのだろう、衣服も新しく仕立てて餞別だという。

『蠹集』の上梓を祝ってまた島原。其角はいちど一人で遊びに行って滝川とは三度めだった。其角の好みを心得て化粧を落した素顔の滝川は、江戸へ帰るのだと言うと、

「ほんなら、これで永の別れでござんすなあ」

とうなだれて見せる。遊女の手管とわかっていても風情があってほろりとする。

「末には逢おうよ」

滝川の名の元になった崇徳院御歌「瀬を早み岩にせかるる滝川のわれても末に逢はむとぞ思ふ」を匂わせると、京人形のようにちんまりした顔に微笑みが浮かんだ。後髪引かれる思いとはこのことだった。

旅日記をめくりながら京では随分と歩き廻ったものだ、と我ながら感心する。祖師道元の建てた興聖寺も詣り、伏見では西岸寺で談林派の雄でもある任口(にんこう)上人に目通りもした。任口上人はすでに八十歳の老齢であり、江戸の其角と聞くと『虚栗』は人に借りて読んだと言い、

「儂はもう八十、俳諧打止めと思うてこの春つくりましたのじゃ」

新年の御慶とは申しけり八十年　　任口

と短冊を見せてくれた。其角は手帖に写しとって、

「次の集を撰します時にはご上人の一句入集いたしたく存じます」

もし他に撰集の企てがないのならと危ぶみつつ願うと、

「おお、東都のお人の集に入るとは嬉しいことじゃ、ま、存命のうちにみられはせぬだろうが」

歯も抜け眼をしょぼしょぼさせた任口上人は笑いながら頷く。其角はのちに『続虚栗』を編むとき巻頭にこの一句を入れるのである。

勢田にて
やまざくら身を泣哥(なきうた)の捨子哉
吉野

電（かみなり）のやどり木なりしさくらかな

明星や桜さだめぬ山かづら

　淀川

淀船や犬もこがるゝほとゝぎす

　住吉

驥の歩み二万句の蠅あふぎけり

　鞍馬

侘しらに貝ふく僧よかんこ鳥

　小町寺

虫ばむと朽木の小町ほされけり

　信徳亭歌仙発句

視（ミレバ）二彼蟬一貧者に衣をぬぐ事を

手帖に記した詠句の中でまずまずと思えるのはこれくらいだった。

――師翁は何と評されるかな。片頬をゆるませて例の微苦笑だろうか。

荷造を始めるともう帰心矢の如しだった。師翁に会いたい、嵐雪や暁雲と酒を呑みたい、大巓和尚に道元の跡を尋ねたことを話したい、父母の顔もみたい。

始終便りは出しているが江戸からは一向に来なかったのだった。居所が変るから書いても出し難いのではあろうが。

帰江の文は芭蕉からの文と行き違いになったことが、のちに判った。芭蕉はこの八月十五日、甲子吟行とも野ざらし紀行とものちに呼ばれる旅に出発したのである。

京はこれから紅葉の季節、嵐山や高雄の紅葉を見ずに去なれるは残念、手形を書き換えて貰うては、と湖春も引き留めるが、躰の変調を感じている其角は諦めねばならない。

　片腕はみやこに残す紅葉哉

第四章　日の春をさすがに鶴の歩ミ哉

「ふうむ」

「はあ、ええと」

「しかし」

首をひねっているのは素堂、杉風（さんぷう）、嵐雪（らんせつ）、李下、仙化、破笠（はりゅう）、ちりなどの面々。其角は所用のついでに芭蕉庵へ立ち寄り、芭蕉を囲んでいる人々を見たのだった。

貞享三年春三月といえども今年は閏三月もあるのでまだ風は冷たい。なのに障子を開け放して皆々庭を眺めている。李下が持参して旧庵から植え替えた芭蕉葉も漸く新芽が覗いたところで、玉巻くにはまだ日にちがかかりそうだ。

皆が眺めているのは庭の外れにある小さな池、というよりは水溜りといったほうが似合わしいような池。淀んで蒼黒い水面である。

「しかし」

と杉風が語を継ぐ。

「私は耳が遠いので全く聞えませんが、蛙が飛び込む音が聞えるのですかな」

幕府御用達の大店鯉屋の裕福なあるじ杉風の泣き所は耳である。若い時から聞えが悪いのだ。

「いや、私にも聞えませんよ。蛙はぬるぬるしておるから飛び込んで水輪が広がると音が聞えたように思うのじゃないか」

と言うのは素堂。

「そう言えばそうだ、うん、うん、音は耳に聞えるほどではないですな。飛び込む様子と水輪で音がするように思うだけではないかなあ」

「師翁には聞えたのでしょうか」

嵐雪と仙化が揃って芭蕉の顔を見る。ふふふと芭蕉は片頬に笑みを含んで、

「そのことよ。其角はどう思う。この句の上五を考えあぐねておるのだが」

と示された小短冊を見ると、上部を空けて、

「蛙飛びこむ水の音」と書かれている。

「なるほど」

其角は池を眺めてから声に出して中七、下五の句を読んだ。

「此処からはもとより、池の傍に立っても飛耳(ひじ)童子でもない限り音は聞き取れぬでしょうな。思

うにこれは、師が心で聞かれた音。つまり水の音と詠むことで素堂どのや嵐雪さんの言う、蛙の飛び込む様子、広がる水輪を見せようとされたのでは」

芭蕉は膝を打った。

「さすが其角。蛙といえば古今集の仮名序にある通り、声のみ珍重されて古歌もみなそのように詠まれておる。頭で考えた蛙の声でありのままの蛙は見ておらぬ。蛙の踏んばる前脚、跳ねあがる後脚、池の面に広がる水輪をこの七、五、で詠みこんだつもりなのだ」

一同、はああと溜息をついた。

ありのままの蛙を見せる、という発想は耳新しいものだった。なるほどこの中七下五で蛙は眼前にあるようにいきいきと見える。音は聞えないが音と置くことで蛙の動きと四肢と池の面の変化(へんげ)が表わせる。其角も感嘆した。

「上五、山吹や、では如何ですかな。池のほとりにはよく山吹があるもので」

「山吹か、うむ。一句として調いはするが」

ああ、そうだなあ、と誰か呟いている。しかし芭蕉はまだ頷かなかった。

しかし、それでは山吹の黄の色が鮮やかで蛙が薄れてしまうようだ、此処はともかく蛙を見せたい、そう言って、

「古池や、と置こう」

古池や蛙飛びこむ水の音

と短冊に書かれた。

「定まりましたな」

素堂が膝を打って、ではこの発句で歌仙でも、と皆を見廻す。

其角は所用があった。師翁に相談したい筋があって寄ったのだが、座に加わるいとまはない。

そそくさと小短冊に、

芦の若葉にかゝる蜘の巣　　其角

と脇のつもりの付句を書き、

「ご一直を。私は野暮用がありましてこれで失礼いたします」

芭蕉は手に取って、そうか、其角は帰るのかと呟き、つと面をあげ、

「どうだ、皆々も蛙の句を詠んでみては。蛙の句合、というのも一興ではないか」

微笑を浮かべて皆を見廻す。

「ほう、蛙合せですか」

「これは面白い。古今にない句合だ」

「句合となれば人数が足りぬ。諸々（もろもろ）に声かけてみましょうか」

「さよう、さよう、十番、二十番、といかずばなりますまい」

一同が盛り上がっているのを余所目（よそめ）に、

「何ぞ用があったのではないか」

上り框（かまち）に出た其角を追うように芭蕉は立って尋ねる。はあ、やっぱりお見通しだ、と内心驚きながら、

「実はご相談したいことがございまして」

座敷に戻って其角は座り直した。

「先年の大巓（だいてん）和尚ご他界の折、熱田より頂きました悼詞など含めましてささやかな集を作りたいと思うておりますが、如何なものでしょうか」

大巓和尚は昨貞享二年一月三日入寂。その頃其角は病床に呻吟していたのだった。

片腕は京に残すと書き置いて帰江の途についた其角は、躰の不調がいや増して道中四苦八苦、駕籠や馬に縋ってようやっと家に辿り着いたのだった。芝金地院前の家は引き払っていたから堀江町の両親の許で、父東順の手厚い治療を受けたが、

「肝の臓だな」

旅先の落ち着かない日々に酒が過ぎたのだと言われずとも判っている。熱も出、全身が溶けるようにだるく、食も進まなかった。麻黄湯（まおうとう）だの抑肝柴胡湯（よくかんさいことう）だのと、手を尽してくれてようよう正

月を迎えたと思ったら、学問の師の訃報に接した。

京からの帰途、鎌倉へ寄るつもりであったのに、とてものことに道を縮めたい思いであったから会えずじまい。知らせを聞いた芭蕉からの悔みは嬉しくもあり自分が情けなくもあり、何かのかたちで追悼を著わしたいと思った。

五月に病後療養をかねて箱根木賀山の温泉に、弟子の枳風（きふう）を伴って出かけた。途中から文鱗（ぶんりん）も加わり湯治をしながら俳諧三昧、帰途は枳風を残して文鱗と江の島鎌倉を廻った。その折の紀行俳文句作をまとめるつもりであること、それを師翁に語った。

「撰集ではないのだな」

「は、ごくささやかな家の集のようなものを考えております」

「うむ、どのようなかたちにしろ、大巓上人への追善句は版木に刻むべきだろう。だが其角、撰集も企てねばならぬぞ、宗匠立机したからには」

「はい、それも続虚栗として追い追いに」

そうして其角が座を辞すとき、

「助勢いたしますぞ、日の春の宗匠」

と誰の声か背ナに投げられた。

其角はこの正月に宗匠立机したことになったのだった。芭蕉の推薦によるもので、新年の歳旦帳を枳風、文鱗、李下、仙化を加えて三ッ物五種を引札として売り出した。その第一が、

日の春をさすがに鶴の歩ミ哉　其角
　砌に高き去年の桐の実　文鱗
雪村が柳見に行棹さして　枳風

というものだった。

「この発句で百韻興行するとよい。略式ではあるが宗匠立机の区切りともなろう」

其角には意表外のことで驚いたが、芭蕉はそう言っただけでなく連衆も集めて席を設けてくれた。初懐紙の座である。

百韻は三ッ物をそのまま頭に置いて、コ斎、芳里、杉風、仙化、李下、挙白、朱絃、蚊足、ちり、芭蕉と続けて巻き上がった。

略式というのは、宗匠立机は万句興行したのちに名告るものであるからだった。貞徳門で江戸第一の門戸を張る岸本調和などは、寛文八年三十一歳の時万句興行、宗匠立机して門弟千人と称し、延宝七年には大部の撰集『富士石』を上板している。一八八八句所収、連衆の数三〇九人という大層な集であったが芭蕉は気にも止めないようだった。

芭蕉だって宗匠立机の万句興行はしていない。自分の撰集としては伊賀で作った『貝おほひ』のみであり『桃青門弟独吟二十歌仙』が立机の名告りに代るものといえようか。

其角にも百韻でよろしいと言う。その代りこの百韻には評注を付けようと頼まないのに言ってくれた。

日の春をさすがに鶴の歩ミ哉　　其角

元朝の日のはなやかにさし出て、長閑に幽玄なる気色を鶴の歩みにかけて言つらね侍る。祝言外にあらはす。さすがにといふ手尓葉感おほし

砌に高き去年の桐の実　　文

貞徳老人の云、脇体四道ありと立てられ侍れども、当時は古くなりて景気を言添たるを宣とす。梧桐遠く立てしかもこがらしのまゝにして、枯たる実の梢に残りたる気色、詞こまやかに桐の実といふは桐の木といはんも同じ事ながら、元朝に梢は冬めきて木枯其まゝなれども、ほのかに霞朝日にほひ出てうるはしく見え侍る体なるべし。但桐の実見付けたる新敷俳諧の本意かゝる所に侍る。

雪村が柳見に行棹さして　　枳風

第三の体長（ていたけ）高く風流に句を作り侍る。発句の景と少し替りめあり。柳見に行とあれば未景不対也。雪村は画の名筆也、柳を書べき時節その柳を見て書んと自ら舟に棹さして出たる狂者の体珍重也。桐の木立詠やう奇特に侍る、付やう大切也。

といった評注を表八句まで見せて貰ったが、まだ書いている途中らしくその後は見ていない。評注の中に芭蕉流とでも言える俳諧の心得が筆先に表われていて、いわば秘伝書ともなり得ると其角は嬉しかった。待ち遠しいが師翁を急がすわけにもゆかない。このところ芭蕉も其角も忙しいのであった。

この百韻興行立机の際、其角は狂雷堂と名告った。

貞享元年芭蕉の「甲子吟行」の折、尾張で巻いた五歌仙と表合一を加えた撰集『冬の日』が、名古屋の山本荷兮(かけい)から京の書肆井筒屋庄兵衛に版木が渡されて上板、これが目をみはるような斬新なもので、京大坂のみならず江戸でも大評判になった。たちまち芭蕉門下に入る者がふえたのである。

其角も『冬の日』を送って貰ったときには激しい衝撃を受けた。貞門派も談林派も破る新しさがあった。まず詞書が凄いのだ。

笠は長途の雨にほころび、紙衣はとまり〳〵の嵐にもめたり、侘尽したるわび人、我にさへあはれに覚えける。むかし狂歌の才士、此國にたどりし事を、不図おもひ出て申侍る。

狂句こがらしの身は竹斎に似たる哉　芭蕉
たそやとばしる笠の山茶花　野水
有明の主水(もんど)に酒屋つくらせて　荷兮

かしらの露をふるふあかむま（馬）　重五
朝鮮のほそりすゝきのにほひなき　杜国
日のちりぢりに野に米を刈　正平

という表六句。発句は烏丸光広作の仮名草子『竹斎』を踏んでいる。諸国を廻って狂歌を詠み、名古屋であばら屋に「天下一の藪くすし竹斎」と看板を掲げたと書かれているのを、自分の身に引き写して侘び尽くしたる姿を表わした句。これは尾張連衆への挑戦状のようなものだった。

芭蕉が語ったところによると、席を設けた岡田野水は備前屋という尾張藩御用達の呉服商、大和町に三十間の間口を構える富裕な豪商で名古屋総町代である者。荷兮は地主の町医者だが尾張連衆の頭目、重五は薪炭商、杜国（とこく）は米穀商。いずれも富商の旦那衆の前に「侘尽したるわび姿」で立ったのだ。皆々度肝を抜かれただろうと其角は思った。さてこそ名古屋総町代の野水が走り出て戸を開ける脇を付けるのだ。「誰そや」に含蓄がある。

第三の意がよく判らずに芭蕉に聞くと、名古屋では大店などで祝い事や何かの催しがあるとき、庭内に茶屋や菓子屋や酒屋、小料理などの屋台を作って楽しむ風習があり、遠来の珍客をもてなす意だという。主水は水司の職名である。他の歌仙もそれぞれ瞠目するような付合があり、其角は自分が京から江戸土産とした五歌仙の集は古臭く思える。

――負けてはおれぬ。

名古屋連衆も其角と幾つも違わぬ若い者たちと聞いて、会うてみたいと思った。すでに『続虚栗』を編集にかかってもいるが、まず大巓和尚の追悼を入れた集だ。湯治の帰途の紀行俳文に文鱗、枳風と三人の発句、歌仙一巻そして鎌倉円覚寺での述懐である。開山仏光禅師の肩に野鳥を止まらせた生けるが如き慈顔の像を拝したのち、

かたはらに梵千大巓和尚の尊牌を拝し、

香一炉はちすに銭を包みけり

彼和尚のいまそかりける世をおもへば、開山より百六十三世となり、十三にして業徳の名あめが下に擅(ほしいまま)に一箇無心の境に遊て、詩は盛晩の異風を圧し、且俳諧に自然の妙を伝え予が手を牽(ひき)て鼓うち舞しめたまふよりぞ、万(よろず)たふとき御事を耳にふれ侍る。貧は原子也多病杜子にひとし、ことし貞享二年正月三日いそぢ七とせにして柴屋の雪の中に消かくれたまふ。御名世に勝れ給へば葬喪し奉る事眼に富り。しかれども生前一盃の蕎麦湯にはしかじと、愚集みなし栗に幻吁ととゞめたる御句をしたへば、涙いくばくぞや。

其角上

三日月の命あやなし闇の梅

次に京の浜川自悦という僧からの追善句、

涙花なに黄泉の秣(まぐさ)ならん　　自悦

を入れ、芭蕉の書簡を置いた。

草枕月をかさねて露命恙(つつが)もなく、今ほど帰庵に趣き尾陽熱田に足を休る間、ある人我に告て、円覚寺大巓和尚ことし睦月のはじめ、月まだほのぐらきほど梅のにほひに和して遷化したまふよしきこえ侍る。旅といひ無常といひ、かなしさいふかぎりなく折節のたよりにまかせ先二一翰投机右(みぎ)一而巳(のみ)。　はせを

梅恋て
　卯花拝ムなみだかな

四月五日
其角雅生

この集を其角は『新山家』と題簽した。西行の『山家集』の名を踏むとは不敵かも知れぬが其角にはそれだけの自負があったのである。芭蕉に草稿を見せたら、

「新山家とは、気張ったな」

と例の微苦笑を浮かべ、

「俳文は山家の風情、ものの哀れをひそめて味わいあり、上人のよき供養になろう」

と褒めてくれた。

出板したのは五月、それより先に『蛙合せ』が閏三月末に仙化の名で上板された。これは二十番に追加一句四十一人の蛙の句を並べ、衆議判（しゅうぎはん）としたものであるが判詞は芭蕉としか思えない。仙化は筆墨（ひつぼく）商で入門して日が浅いが、商売柄書を能くし版下を書きついでに費用も持ったのである。

可般圖
一番
左
古池や蛙飛こむ水の音　　芭蕉
右
いたいけに蛙つくばふ浮葉哉　　仙化
此ふたかはづを何となく設けたるに、四となり六と成て一巻にみちぬ。かみにたち下におくの品、をの〳〵あらそふ事なかるべし。

仙化の句も確かに蛙の姿が見え、師翁と合わせられたのが嬉しくて上板を請負ったのもさてこそであった。一番には勝負がなく、以下には判があるが、巻尾に置かれた曽良と其角の合わせにも勝負はない。

第廿番

左

うき時は蟇(ひき)の遠音も雨夜哉　　曽良

右

こゝかしこ蛙鳴く江の星の数　　其角

うき時はと云出して、蟾(ひき)の遠音をわづらふ草の庵の夜の雨に、涙を添て哀ふかし、わづかの文字をつんで、かぎりなき情(こころ)を尽す、此道の妙也。右はまだきさらぎの廿日余、月なき江の辺風いまだ寒く、星の影ぴか／＼として声々に蛙の鳴出たる艶なるやうにて物すごし。青草池塘処々蛙約あってきたらず半夜を過、と云ける夜の景色も其侭(まま)にて、看所(みる)おもふ所、九重の塔の上に亦一変加へたるならんかし。

其角が思いついて京の去来に蛙合せを知らせたところ、一句送ってきたのも入っている。

去来は其角を通じて芭蕉門に入り、折ふし便りを寄越すのだ。

第五番

　左

蓑うりが去年（こぞ）より見たる蛙哉　　李下

　右勝

一畦はしばし鳴やむ蛙哉　　去来

左の句、去年より見たる水鶏かなと申さまほし。早苗の頃の雨をたのみて、蓑うりの風情猶たくみにや侍るべき。右、田畦をへだつる作意濃（こまやか）也。閣々蛙声などいふ句もたよりあるにや。長ク是群蛙苦相混（ねんごろにまじる）、有レ時也作ス二不平ノ鳴一、といふ句を得て以て力とし、勝。

芭蕉の判詞はその句に即しながらも、句作りの極意を説いているようで、この『蛙合せ』も評判になった。

そんな様子で新しい連衆が増え、何時庵を訪れても初見の顔があり、其角と引き合されると喜んで座に加えてくれと言う。

京の去来は貞享三年の秋、妹の千子（ちね）と伊勢参りをして紀行文を綴り、芭蕉に送ってきたそうだ。草稿は見ていないが版木にかけたものを当の去来が携えて江戸下向したのは晩秋の頃。芭蕉に対面し其角も旧交を温め、俳諧の座がいくつか持たれた。
『伊勢紀行』では、去来の作よりもむしろ妹の千子の句に其角は心惹かれる。

日あたゝかに風涼しき頃とて、妹の伊勢まうでするに催され、八月廿日あまりの宵よりふす。

伊勢迄のよき道づれよ今朝の雁　千子
辰巳のかたに明る月影　去来

そう始まって、

鈴鹿山
小島さへわたらぬほどの深山哉　千子
萩すゝき山路を出る笠おもし　同
――向の家に若き老たる女のあつまりて臼挽てうたふ。更る迄蔀（しとみ）やりはなして聞ぬ。
泊り〳〵稲すり唄もかはりけり　千子

宮川
水むすぶ手ぬぐふばかり秋の風　千子

其角は京の去来の住居、といっても兄元端の立派な屋敷の離れであったが、訪れた折に茶菓を運んできた凛々しい兄に似ず、小柄なはかなげな少女を思い浮かべて感慨深く読んだ。この年の暮の前に嫁入ったと去来が告げたのが、妙に口惜しい思いさえする。

芭蕉はこの紀行に跋文を寄せている。


——白川の秋風より、かの浜荻折しきて、とまり〳〵のあはれなることゞもかたみに書顕して、我草の戸の案下に贈る。ひとたび吟じて感を起し、二たび誦して感をわする。三たびよみて其無事なることを覚ゆ。此人や此道にいたれりつくせり。

東西のあはれさひとつ秋の風　　芭蕉庵桃青

去来はこの時から師弟の深い契りを結び、終生変ることなかったのだった。

其角はまた大坂の西鶴とも文通を頻りに交している。芭蕉は「二万翁」などと意に染まぬふうであったが、直に対面している其角はあの裡に抑えきれぬ溢れる火の玉を抱いているような男を、面白く異才奇才と評価していた。その西鶴から送られた『古今俳諧女哥仙』には吃驚した。古くからの書物の女人の句を抽出して三十六人絵姿と句と出自を誌したものである。斬新な企画であった。

——うーむ、女人だけの集とは。

禅語で謂う「裂古破今（れっこはこん）」だと思う。其角自身もそのことを意識して衆目を驚かす句を吐いてきたが、そしてそれを師の芭蕉は判ってくれていたけれども、まだ破り方が生ぬるいと省りみる。古い型から存分に抜け出せていない。

「古人の跡を慕はず、古人の求めたるところを求めよ」とは、師翁の常に口にされる言葉であるが、師にとっては古人とは西行であり能因であり、あるいは老荘であり、李杜であるらしい。其角の求める古人はそのどれでもなかった。身辺に接する芭蕉がいわば求める古人の道ともいえようか。

師と同じ道の跡を追っては歩かぬ、と思い定めてもいる。師に従うのはよいが真似をしていては同じ処に停滞してしまう。逆立ちしても叶いっこない資質を芭蕉は持っていると思うから、自分は裂古破今を志すのである。

西鶴の撰集を芭蕉に見せると、

「集の出来はともかく、女人の作を世に著わす業（わざ）は見上げたもの。俗世をありのままに見るとき、女人や子供の在りようを忘れることは許されぬ。仄聞するところによると、伊勢や近江になかなかの女人作者が居るらしい。次の京上りの際には訪ねてみるかと思うてもいたが」

と言い、この世に女人は半分居るのだから俳諧にも連衆として迎えたいもの、と述べる。

のちに芭蕉が関わる撰集には女人の名が挙げられ、付合の座にも加わるようになり、其角も女弟子を持つようになるのだが、その契機は西鶴の『古今俳諧女哥仙』が作ったといってよかった。

西鶴は自序で手習する娘の為に作った、と措辞しており、豊太閤に仕えた女から島原の遊女、伊勢の光貞妻など並べている。事蹟の判然としない名もあって三十六人揃えるために少し無理もしたかと思われる。

遊女の句を読んで其角は、むかし俳諧に志したきっかけともなった吉原の遊女の句を思い出した。それにつれて京島原で遊んだ折々のことや『桃源集』なる遊女評判記に感心したことも心に浮かんだ。

『新山家』集上梓の祝いだと称して、枳風、文鱗らと吉原に乗りこんだ折、多賀朝湖こと暁雲と行き合って席を共にした。朝湖は吉原では和央（わおう）と名告り居連（いつづけ）のように腰を据えていたが、遊びのためではなく廓内でよく絵の注文がとれるからなのだった。あちこちの座敷に幇間よろしく顔を出していると、嫖客の大名旗本富商などが、親類縁者が家を建てた、隠居所を造った、嫁取り、嫁入りで調度を新しくするなど、襖絵、屛風、軸物なぞ絵の注文がある。暁雲の画才は狩野安信門の確かなものであるから、廓内では評判も高く大見世小見世みな馴染なのであった。

酌み交しながら其角が、

「島原では面白い遊女評判記を見たぞ」

『桃源集』のことを話し、吉原でも『吉原諸分』や『吉原細見』を越える評判記を出せたらな、と話すと、暁雲は大きに乗気になって見世のあるじたちに持ちかけてみる、と胸を叩いた。

暁雲の大風呂敷かと聞き流していたら、驚いたことに旬日も経ずして話が調ったのである。吉原の大見世のあるじ達はもとより『桃源集』は知っていて、一工夫ある遊女評判記を出したいと思っていたらしい。当代名の高い俳諧宗匠狂雷堂其角の執筆なら評判間違いなし、願ってもないことと乗ってきた。

——さて、どのような趣向に仕立てたものか。

書く上は他に類をみない評判記にしたい。あれこれ勘考し悩んだのち、思い付いたのは源氏物語を下敷きにすることであった。

——そうだ、吉原源氏とゆこう。ならば五十四帖にちなんで五十四君、数をこなすは難儀ではあるが。

廓うちの旦那衆とも相談の上で『吉原源氏五十四君』と題する遊女評判記を綴ることになったのは夏の入りくちの頃。

其角はまず父の家を出て程近い所に一軒を借りた。母が寝付いていたからである。もともと病弱ではあったがこの正月あたりから立ち働きはできなくなった。父の診立てでは、胃の腑あたりに悪い腫物が巣造っていると言う。痛みを抑えて滋養を取り休息する他手だてはない。其角の不時の出入りが障るであろうし、撰集も作りかけているし吉原通いもせねばならず、上方からまた信徳が来る千春が来る。一晶も蚊足もという俳諧の座の呼び出しが引っきりなし。看病どころではなかった。二十六歳にもなって嫁取りもしていない。

嫁いだ妹はこの前年赤児が生れ、女の子であったから初節句には、祝宴に出て、

いもうとのもとにて

世忘れに我酒買はん姪が雛

と短冊を書き置いたが、赤児をかかえて母の看病に里帰りするわけにもゆかず、孫の顔を見せて喜ばせるのがせめてものこと。また弟は医者の修行に励んでいて玄通という名も貰い、父東順の跡を継ぐかに思われたのにこれも昨秋、あろうことか信州伊那に行ってしまっている。弟が伊那に移住すると言い出したことは一家にとって青天の霹靂（へきれき）であった。

伊那在の庄屋が訴訟事で公事宿（くじやど）に滞留していて、役所通いの傍ら村に一軒の医者が老齢で亡くなり、来てくれる医者を探しているという話を聞きこんだ弟が、単身でその庄屋に会い、もう決めてきたと父母に宣言したのである。

玄通と名告ったばかりでまだ診立ても心許ない若者の決心に驚いて、其角はなぜとその心根を訊（ただ）してみた。弟とはしみじみ話したこともない位で、改めて其角は自分が外にばかり心が向き、年中俳諧の座に出かけたり旅に出たり、家の中には全く関わらずいたことを思い知らされる。

弟は陽気で奔放な自分に比べておとなしく、無口でむっつりしており、学問も医学修業も一ト通りはこなしているが特に才ある様子ではない。父母が霊夢によって生れた長男を可愛がり秀才を賞でて自慢もしていることが、弟にとっては辛く重かったであろうことにも初めて気付いた。

「私は、兄上とは違います」

その言葉は少し恨みがましく聞える。あれこれ言葉を尽して引き留めているうち、弟は本音を洩らした。

伊那の庄屋はこの江戸滞留を機に娘二人を連れて来て花のお江戸を見物させようとしたらしい。弟はその妹娘に一目惚れしたのであった。姉娘の方は婿を迎える事が定まっていたのである。

紆余曲折の末、弟玄通は伊那へ移った。母の看病をどうするかと悩んでいた折、父の代診の長庵が女房を連れて来ましょうか、と申し出てくれて事は納まった。長庵は名を是吉と言い、俳諧もたしなんでなかなかの作を見せる。芭蕉に引き合せたこともあり、芭蕉から是吉を是橘と改めるがよい、と俳号も貰って気をよくしていた。妻女が堀江町に住みこむことになり、これがよく気働きする女で母も気に入ったから漸く其角は安堵したことであった。

新しく借りたのは二間ほどの長屋の一軒であるが、そこへ、井上相模守の供連れとして越後高田に行っていた嵐雪が、勤めを解かれて住居を見つけるまでところげ込んできた。その上破笠までが、家主の縁戚が住むことになって追い立てられたとやって来、男三人のむさ苦しい同居となってしまった。飯炊き女は頼んだがまだ係累を持たぬ気楽な我まま男ばかり、ここぞと俳諧衆も寄って来るからまるで梁山泊であった。

其角は煩わしくもあったが、吉原の花魁五十四人の評判記となると、一人では手が廻らない。梁山泊の面々にも遊女の面ざしや客あしらいの評判などを拾い集めるのに手を借りてもいる。

この企画にかかってから其角は大門も木戸御免であった。何しろ全部の見世を手帖ふところに渡り歩かねばならない。二十数軒の見世のあるじに布令が行き渡っていて、どこでも其角宗匠から勘定をとらぬと申し合せているらしく、酒肴は全部奢りである。

しかし、費用が見世持ちとなるとかえって遠慮が働いて酒の味も旨くないし、其角にしては珍しく量も過さなかった。遊女を揚げることはしなかった。抱いた抱かぬで依怙贔屓(えこひいき)したと噂になっても困ると思ったからである。花の山に入りながら一枝も手折ることなしに源氏もどきの文案を練るのだった。

浅草寺の観音堂を背にして田圃道を行き、左に曲がって土手へ上る。日本堤と名のある土手八丁、さして坂というほどでない衣紋坂から編笠茶屋が数十軒。そこを通って大門に到る道を幾たび通ったか。

八月、中秋名月の宵、芭蕉庵に立ち寄ってみると、仙化、李下なども来ている。舟遊びは如何と其角は師を誘い出し船頭を雇って小名木川に漕ぎ出させた。仙化が従者に酒を用意させる。

名月や池をめぐってよもすがら　　芭蕉
雲折々人を休むる月見哉　　同
月見して蚊の声よはるはじめ哉　　李下
名月や御堂の鼓かねて聞ク　　其角

名月は汐にながるゝ小舟哉　　　　吼雲

仙化の従者の名が吼雲（こううん）というのであった。ふと吐いた句に芭蕉も感心して、雲に吼ゆるとは羽化登仙の名ある主にふさわしい、と言い、その後は誰も口を閉じてしまったほどであった。

舟を戻してから其角は言い出しかねていた遊女評判記のことを師に語った。俳諧以外の書き物だから許しを得る必要はないけれども、人の噂から耳に入るよりは、と思ったのだった。事の次第を聞いた芭蕉は、

「島原で種を蒔かれて、吉原で花を咲かせるか。物好きな」

と片頬に微苦笑を浮かべたが、

「源氏の五十四君とはよい趣向。しかしながら其角も忙しいことだな」

芭蕉はあまり遊里など覗かない。誘っても脂粉の香に頭が痛くなると言う。若い頃は伊勢の古市などに通ったこともあるらしいのだが。もう四十五歳の初老であり、病弱でもあるので他出は出来る限り控えているようだ。

「次の集の方は」

「はい、『続虚栗』と題してこれも近々にと思うております。此の集には女人の作も加えたいものと」

「おお、それはよい。例の去来どのの妹御の作なども」

その去来は晩秋に入ってから江戸下りしてきて翌貞享四年春まで滞留し、芭蕉と固く師弟の契りを結び、其角、嵐雪、その他の蕉門と一座俳諧を重ねた。其角が今編みつつある撰集に千子どのの句も入集を、と言うと大層喜んだ。

「今、洛外の嵯峨に別墅(べっしょ)を造作しております。上洛の節は是非滞留なされてくだされ」

明けて貞享四年の春、帰途につく去来は熱心に誘ってくれる。

「紅葉の京、雪の京を眺めに行くと京の誰彼に約しております、必ずや近い内に参りましょう」

手がけている二冊を上板したら東海道を再び下る心組でいた。撰集はともかく遊女評判記を仕上げねばならない。

廓通いを続けるうちに其角の顔と名は大きに広がった。吉原では誰知らぬ者もない。その上嫖客の大名、旗本、富商、役者などと親しくなったのは儲けものというか、紀伊國屋文左衛門や多賀屋長左衛門などは早速に弟子入りした。紀文は号を千山(せんざん)、多賀屋は岩翁と名告り、その周辺の商人たちも入門してくる。

詩あきんどとしての其角は商売繁昌ということであった。

「この庭に」

屋敷のあるじは、脇息にもたれながら右手で煙管(きせる)を差し向けてゆったりと口を切った。

「先ごろ、如月の末までは、折々鶴が舞い降りてきたのじゃ」

煙管の差し示す庭は、立木、石組、心字池、植栽、燈籠と結構を尽した庭苑。池に流れを注いでいる小川のほとりの枝垂桜が、ちらほらと花びらを落しはじめている春の陽気。

「其角の、その、日の春をさすがに鶴の歩み哉。をそのままの景であった。番で来ていての。あの足の運びは、さすがに、でなくては言い表わせまいと感興しきりであったぞ」

ゆっくりした物言いなので、言い終るまでにも時がかかる。

厚手の縫繍のある羽織で脇息に倚っているのは、磐城平七万石の内藤家の次男義英公である。家督を弟に譲ってここ六本木に別墅を構え風雅に遊んでいる。内藤家は先代の左京亮義概が風虎と号する俳諧大名であり、その子義英も露沾と号していっぱしの俳諧師であって、春三月も末のこの日、招かれて其角は嵐雪を伴ない伺候していた。

父君風虎公は去る貞享二年に幽明境を異にされたのであったが、喪が明けて気晴らしに廓遊びされた露沾公に座敷で挨拶し今日の招きとなったのだった。風虎公は『桜川』『夜の錦』なる撰集も編まれており、師の芭蕉も一座して入集しているから、大名の道楽を越えている。露沾公もなかなかの手練れである。

「ほう、鶴が。飼うていられますのか」

「いや、あのような見事な翼を持った大きな鳥を閉じこめるは好まぬ。何時とも知れず舞いおりてきたのじゃ」

「はあ、鶴にも心あって風雅の君の在わします処と感じたのでございましょう」

これで自分の句を賞められたお返しになると其角は思った。公は莞爾と微笑んだ。

「なるほど」

と手を打つのは水間沾徳である。沾徳は初め内藤家に仕える武士であったが、岸本調和の門に入り、天和三年立机するに当って法体となり、今は俳諧師として内藤家に出入りしているのだ。他に元側用人の虚谷、露荷と名告る者がいて六人の連衆で一巻というわけである。

露沾公の発句、

川尽て鯆流るるさくら哉　　　　露沾

であった。付合の座では客発句脇亭主と式目があるが、やはり此処は身分というものが入り、公の発句を頂くかたちになる。其角はあまり頓着しなかった。世間並の儀礼が入るにしても付け進んでゆくうちには皆忘れてしまうと解っているのだ。一応其角捌きである。

「これは、この庭の景でござりますか」

「あ、そうだな。何しろ不自由な身、思い立ってすぐあちらこちら散策もできぬ。実であれば此処、虚としてはいずこでもよいが」

この殿様、俳諧とは何かを熟知していられる、と其角は、

「ならばこの庭を出でて別天地に遊びましょう」

そう言って付けた脇句は、

黄精ある峡の日の影　　　　　　　　其角

だった。一転して山村の景となる。甘野老とも書くこの草は湿地を好むから川に付けたのである。おお、居ながらにして山里の峡に行けたの、と公は満足の様子。其角は、眼前の庭苑を詠んだと発句を解すれば一巻の進行がせせこましくなると勘考したのであった。

第三は大事な所、宗匠でもある沾徳が付ける。

春を問童衣冠を知らずして　　　　　沾徳

野原を駈けずり廻っている子供は、衣冠束帯なぞ知りもしない。身分の高そうな一行を見ても物怖じせず道案内してくれる、というさすがの付句である。其角は手を打って、

「良い運びになりましたな」

と賞めた。四句めはごく軽いところ、これは年若に見える沾荷が付け、五句めの月の座を嵐雪、元側用人でもう隠居している虚谷が折端で表六句が出来あがり、此処で酒肴が供せられる。昼間であり肴といってもごく簡単なものであるが、漆の塗椀や皿、盃が見事な道具であった。

歌仙初の折の裏、其角が、
「待兼ではしたないかも知れませぬが」

傾城の淋しがる顔あはれ也　　　　其角

と折立したのに殿様の付けは、

初秋半恋（なかば）はてぬ身を　　　　露沾

であった。おおと皆声をあげる。秋は飽きに通ずるから、こちらの恋は一途なのに相手には飽きたさまが見えるという情深い作である。酒が入ったこともあって露沾公は脇息をどけて身を乗り出し、羽織も脱ぐ有様。

一巻の興を尽して暇乞する頃には、春の永い日もとっぷりと暮れていた。

「この一巻は『続虚栗』に入集いたします」

其角が今編んでいる撰集の話をすると、露沾公は喜んで過分の祝儀を包ませるのだった。

此の日から其角はたびたび六本木の屋敷へ通うことになる。

しかし、遊女評判記も撰集も上板は遅れざるを得なかった。

四月八日、釈迦如来の生誕の日に母が亡くなったのであった。

その日の来るのを父も其角も覚悟はしていたのだったが、目の当りひとつの命の消えゆく時を、なすすべもなく見つめている刻ほど辛く怖しいと感じたことはなかった。心神の乱れもなくうっすら微笑むようですらあって、握っていた手から糸を引くように力が抜けていった。慈しんでくれた母の思い出が廻り灯籠のように頭の中をめぐり、底知れぬ寂寥と人の死という厳粛さに其角は搏たれた。

父は老齢でもありここは長男が一切取り仕切らねばならない。

「玄通はどうしましょうか」

父に訊くと、

「つねづね、あの子は伊那にゆく際今生の別れと思うていました、とゆうておった。いずれにせよ野辺の送りに間に合うはずもない。のちでよかろう」

という返事。弟が長男の自分と比べて、父母の愛の薄かったことを恨みがましく思っているのを知る其角は、母も弟の気持に気付いていたのかも知れぬ、と思った。自分から見れば兄弟に分け隔てしたわけではなく、ただおとなしく手のかからぬ子だっただけと思うのだが。

四月八日母のみまかりけるに

身にとりて衣がへうき卯月哉　其角

初七日

夢に来る母をかへすな郭公(ほととぎす)　同

端午三七日にあへりければ

我歎(なげき)かぶとうらやむわらべかな　同

五七忌には追善会を営み納骨した。芭蕉、嵐雪、枳風などが捻香に来てくれ、多くの追悼句が寄せられた中に、露沾公の句もあって母にはよい供養ができたのだった、

五七日の日追善会（三ッ物）

卯花も母なき宿ぞ冷(すさま)じき　芭蕉

香消のこるみじか夜の夢　其角

色々の雲を見にけり月澄て　嵐雪

各悼

卯花に目の腫恥ぬ日数かな　露沾

蚊のあとをみれば悲しき別哉　枳風

眉ひらく為に手向よかきつばた　沾徳
夏草に活けたるものはなみだ哉　蚊足
蚊遣にはなさで香たく悔み哉　去来

その他多く追悼句が寄せられたが、其角は京の去来からも悼み状が届いたのが嬉しかった。去来は芭蕉からの便りで知ったとあって、この師弟は大層頻繁に文通しているようであった。
芭蕉は秋にまた故郷の伊賀に帰ると言って旅支度を始めている。単に帰郷というだけでなく、道々蕉門の連衆を訪ね新しい門人を発掘しながらの諸国行脚に等しいものである。その報せを聞いて諸処で餞別興行が催される。露沾公が一度芭蕉も招きたいと洩らしていたので、好機とばかり其角は露沾亭での俳諧興行を企てた。師翁があまり大名邸に行きたがらぬのは、まだ藤堂藩と繋がりがあるためだろう、しかし旅立ちの餞別となれば断ることはできぬと踏んだのだ。功を奏して一日、芭蕉、其角、露沾に家中のたしなみある者露荷、沾荷、沾蓬という連衆で一巻首尾することになった。

旅泊に年を越てよしの丶花にこころせん事を申す
時は秋吉野をこめし旅のつと　露沾
雁をともねに雲風の月　芭蕉

露沾の発句は、秋に旅立つ人の荷には翌年の吉野花見の支度も入っているだろう、という情をこめたもの。芭蕉は渡り鳥のように野宿もして雨雲や嵐にも遭い行き先覚束ないことです、という脇である。

露沾亭での興行のあと、其角は自分の家に席を設けて餞別の座を持った。集まる者仙化、嵐雪、枳風、文鱗ほか十一。

十月十一日餞別会

旅人と我名よばれん初時雨　　芭蕉

亦さざん花を宿々にして　　由之

鶻鵃(かやくき)の心ほど世のたのしさに　　其角

前回の伊賀帰郷の際「のざらしを心に風のしむ身哉」と詠んだのに比べれば、我名よばれんと名告りあげる心弾みが感じられる。由之の脇は『冬の日』の野水の句を踏んだものである。その他の人々からも多くの餞別吟が寄せられた。

この伊賀餞別の作を是非入れたいと思った其角は『続虚栗』の組立てを大幅に入れ換え、上板は大層遅れて霜月十三日になってしまった。それだけに自信のある撰集である。

『続虚栗』上下二冊、春夏と秋冬に分けたもので春の部には発句巻頭に伏見で貰った任口上人の句を置き露沾亭での一巻もある。夏の部は母の追悼が柱、秋には芭蕉庵での舟の月見、冬は伊賀餞別と耳目をそばだてる作が並んでおり、女人の句も入集したところが斬新であった。

花にあかぬ憂世男の憎き哉　千子
大内のかざり拝まん星まつり　同
伊勢迄のよき道づれよ今朝の雁　同
柴草の露もちかぬるそだち哉　同
秋の夜に寝ならふ旅のやどり哉　同
おちの人添寝ぞゆかし枕蚊屋　千春妻　綾戸
懸鉢や船引とめん天の川　同
我袖の蔦や浮世の村時雨　遊女　薄雲

発句は亡き大巓和尚こと幻吁の一句、父東順の一句、芭蕉の句は「花の雲鐘は上野か浅草か」「よくみれば薺(なずな)花さく垣根かな」「髪はえて容顔蒼し五月雨」「いなづまを手にとる闇の紙燭哉」「蓑虫の音を聞に来よ艸の庵」「砧うちてわれに聞せよ坊が妻」「君火をたけよきもの見せむ雪まろげ」後世人々に膾炙(かいしゃ)する句多く、其角も「日の春をさすがに鶴の歩ミ哉」「梅が香や乞食の家ものぞかる丶」「雀子やあかり障子の笹の影」「合羽着て友となるべき田植えかな」「たが為ぞ朝起昼寝夕涼」「憎まれてながらふ人や冬の蠅」など自分でも納得のゆく作を入れたし、棹尾は、

年々の悔
子をもたばいくつなるべきとしのくれ

の一句で締めたのだった。

遊女評判記はすでに仕上がっていたけれども、母の追悼前に上板するのは憚られて、『続虚栗』のすぐあとに上板して貞享四年は暮れた。

明けて貞享五年、其角は妻も子も持たぬまま二十八歳になる。嫁取りの話はずっと以前から持ちこまれてはいたのだった。しかし忙しいとか撰集にかかっているからとか、旅に出るからとか言って逃げてきた。殊に昨年から今年にかけては吉原に入り浸っていたから、嫁の話も来なかったくらいである。露沾亭に通うようになって判ったのだが、大名も不自由なものである。名所も物の本で知るだけで吉野も富士も見たことがない露沾公である。侍もそうで、父にしてもなまじ藩医の身分あるために旅といっては近隣の寺社に一晩泊り。師翁と引き比べて気の毒に思う。

畢竟(ひっきょう)、其角は自由でいたいのであった。

この春は嵐雪が、傭われ侍とすっぱり縁を切って俳諧宗匠として立つ覚悟を決め、その立机興

行に其角も大いに協力した。嵐雪は百韻でなく歌仙三巻に三十人もの連衆を集めて興行、撰集『若水』を上板、雪中庵と名告りをあげた。参加したのはほぼ蕉門であったが調和系だった者も混っており、つまりは江戸の俳諧衆がおおかた蕉風に染まったということになる。

芭蕉は旅に出て協力はできない。にも拘らず連衆は其角や嵐雪の向うに芭蕉の影を見ているらしかった。誰かの処に消息が届けばすぐ連衆に口伝えで動向が広まる。鳴海、熱田、伊良湖、名古屋と廻って故郷伊賀で越年したらしい。其角にも長文の便りが来て返信したが、何時受け取ってくれたことか。

番頭の米の空売の咎を引き受けて伊良湖に逼塞した杜国と、春三月吉野へ旅立った芭蕉からの便りには、

「山中の美景にけをされ古き歌どもの信を感ぜし叙、明星の山かづらに明け残るけしき、此句のうらやましく覚侍る」

とあり、其角はさすがに嬉しかった。四年も前の作なのである。丁度招かれていた俳諧の座でこの句と芭蕉の文面を披露し、それならと発句に立てて一巻ということになった。

明星や桜定めぬ山かづら　其角
ながむるものに月の陽炎　峡水
立ッ雉の跡にのら犬の綱解て　琴風

をのが噇の木玉おかしき　扇雪
水清く厠の下を行流れ　不卜
涼〻心にしぐれきぬらん　一桃

一巻首尾したのであったが其角は気に入らず、自分で独吟を作ってみた。

明星や桜定めぬ山かづら
瓢箪坊に出る雨の日
朝ごとのうづらの水をくみかえて
人得て秋の炭がまを掘ル
鰖鳴(かじか)貴船の石のころ〳〵と

「ようやく五句付に成候て本心にそみ不レ申」

と芭蕉への便りに記した。この返事は来なかった。

杜国と須磨明石を行脚した芭蕉は、その後も京湖南の辺りで過し、夏には再び名古屋の野水邸、秋が立つと更科姥捨(うばすて)の月を見ようと越智越人(えつじん)を伴って木曽路を辿り、首尾よく三夜(みよ)さの月見をして漸く江戸に戻った。

芭蕉庵に食客となった越人は其角より四、五歳年長であろうか、目を瞠るような美男子であるが着衣は質素なもので妻も持たぬという。酒を好むところで気が合った其角は早速招いて両吟歌仙をものにしたのだった。

翁に伴なはれて来る人のめづらしきに

落着に荷兮の文や天津雁　其角
　三夜さの月見雲なかりけり　越人
菊萩の庭に畳を引づりて　同
　飲てわする丶茶は水になる　其角
誰か来て裾にかけたる夏衣　同
　歯ぎしりにさへあかつきのかね　越人
恨みたる泪まぶたにとゞまりて　同
　静御前に舞をすゝむる　其角
空蟬の離魂の煩のおそろしき　同
　あとなかりける金二万両　越人
いとをしき子を他人とも名付けたり　同

巻きながら其角は内心「うーむ」と唸らざるを得なかった。江戸の連衆と付合するときとは違う何かを感じる。付句がやわらかいというか人間の体温が通うような。

『冬の日』集以来、名古屋の山本荷兮とは折々文通していた。このたびは『続虚栗』を貰った礼状を越人に言伝けたので発句に詠んだ次第だった。またその書状には是非尾張へお出でなされ、宿を致す故と角張った漢語で添えてあった。

師翁も、行く先々でそちのことを話してある、皆二集を手に入れて是非面晤したいものと言うておる、尾張はもとより京も湖南も其角の評判で持ちきり、また旅に出るとよいと勧められている。

越人と両吟の間、木曽路の旅の有様を聞きながら其角は旅に出る心になった。越人は、芭蕉とも秋の夜長を徹して両吟したという。二つの歌仙は荷兮の手で『阿羅野』として翌年出ることになる。

九月初め、芭蕉庵を訪ねると嵐雪、挙白、宗和などが来ており、越人がまめまめしく茶を淹れている。芭蕉庵には「四山」と素堂が名付けた大瓢に米が入っているだけで、他に何もないのを皆知っているから、各自吸筒に酒を入れ、干物煎り豆佃煮なぞ持参する。ここもまるで梁山泊である。

越人が、唐土の詩文には賢君忠臣を叙したものが多くあるのに、我国ではあまり見ないと呟いたら、芭蕉が、

「では、皆でわが大和の国の聖君賢臣を詠んでみようではないか」

と面々を挑発した。これも一興と芭蕉がまず仁徳帝、其角が天智帝、その他も聖君賢臣を何とか詠みこなす。面白い一日となった。

「私も旅に出ようと思うております、先年京を去るときに紅葉と雪の京を見に必ず来すると約しておりまして」

「おお、そのこと。西の連衆が皆噂して待っておるぞ。私からも書状を出しておこう」

そう言った芭蕉は本当に、鳴海、尾張、湖南、京の主だった面々に其角が上洛の途次に立ち寄る故宜しくと頼んでくれたのである。

母が亡くなったのち其角は一人住いを止めて父と暮していた。しかし年中出かけているので父の世話は長庵夫婦に任せ切りである。

また旅に出るとは言い辛かったが父は、

「堅田に姉がおる。いつも便りに心細いとあって里に戻ってはくれまいかと言うのじゃが、儂もこの年になって東海道を上るのはむつかしい。藩医の頃はおいそれと旅にも出られず、致仕したはすでに還暦、気力も体力も衰えての、お前が羨ましいぞ」

その堅田の宗隆尼(そうりゅう)という姉、其角には伯母を訪ねてほしい、というのだった。

「ああ、それは。ええ、近江には俳諧衆も多く、芭蕉どのにも引き合わせの状を貰っております故、必ずお見舞に参りましょう」

急いで旅支度にかかった。大名も家来衆も武士とは不自由なもの、父の跡を継がずによかったと内心思いつつ。

実際宮仕えを致仕して俳諧衆になった者は近来数多いのである。

九月十日に素堂邸で残菊の宴と俳諧興行があり、その席には駈けつけて皆に旅立ちの挨拶をした。別に狙ったわけではないが皆々から過分の餞別をもらったのは儲けものだった。

父が長い留守をさすがに心許なく思ったようで、旅の手形は四月限、先を急ぐので道中は駕籠や馬に頼った。独り旅である。

――ああ、独りは気楽でよいなあ、

しみじみ胸に呟く。人付き合いは得手であるから江戸では人に会わぬ日とてない。折ふし感じたこと見聞したこと、師翁の談話など文章にして編みたいと思っているのに、ゆっくり机に向う暇もないほどだ。一人旅の間に書きつけようと思う。

九月十七日鳴海の下里知足邸に着いて、芭蕉の書状を見せ歓待されたのち、名古屋に急ぎ、かねて文通していた山本荷兮亭に落ち着く。知足は大庄屋で酒造業、荷兮も地主で医者、双方『続虚栗』を読んでいるから初面晤でも百年の知巳のように話が弾む。殊に荷兮は『冬の日』『春の日』を出板し、三都に名が聞えている。すでに次集に取りかかり芭蕉と頻繁に便りを交しているらしい。

荷兮に伴われて美濃の関に素牛を訪ねた。この素牛はのち頭を剃って惟然と号し、其角と共に師翁の最期に立ち合うのであるが、もとより占い師でもない二人は一期一会のつもりであった。

　関の素牛にあひて

さぞ砧孫六やしき志津屋敷　　　　其角

刀工として名高い孫六や兼氏の屋敷跡を見ての一句をものした。

ついで伊勢路を辿りはじめた九月三十日、改元して貞享は元禄となる。

――そういえば、天和が貞享に改元した折もこの辺り旅していた、そうだ桑名だった。

と何となく面白く思う。

久居では卜宅の紹介で柴雫（さいだ）という俳諧師の宅に泊る。卜宅は芭蕉の初めての江戸下りに同行した久居藤堂藩の家臣、芭蕉の姉が久居城下に嫁していて、その子桃印を芭蕉は猶子として江戸に連れてきて、自分の水役を継がせた。自らは桃印の自立を見届けて深川に隠栖、俳諧一筋の道に入ったのだった。事情を知る其角には感慨のある土地であった。

是非ご指南と乞われて、

　偶興

角文字やいせの野飼の花薄　　　　其角

なる発句を示し、柴雫が呼んだ四人と共に二十句の付合をした。一巻首尾しなかったのは連衆が初心だったからで、一句ごとに其角は付合の心得を語らねばならず、夜が更けたからである。

この発句は後年、其角の洒落風の始まりと大きにもてはやされるのであったが、其角自身は、角文字の「い」の角を持った牛が野に放し飼いされているのを見、伊勢の「い」の呼び出しのように思いすらすらと口をついて出たものである。

思ったことをそのまま句にすればよい、という其角の俳諧観はこのあたりで定まってきたのだった。芭蕉が褒めてくれた「明星やさくら定めぬ山かづら」にしても、眼前の情景を見たまま思ったまま句にしたのである。のちに「洒落にもいかにも我思う事を自由に云とるべし」と撰集の序にも書く。

見る思うのその見方思い方に作者の器量は自ずから表われる。深い泉から噴井があがるように、熱湯を湛えた温泉から湯が湧き出るように。そのためには源泉が豊かで深くなくてはならぬ。師の芭蕉はその源泉を深め豊富にする方法として、「東海道の一筋も知らぬ者俳諧覚束なし」と諭したのだと、其角は思い当るのだった。

伊勢から山を越えて近江の膳所に菅沼曲水家を訪う。この人は菅沼外記といって膳所本多藩の重臣、父東順も曲水が在府の折顔を合わせたことがあり、先年も再び在府の時に其角の評判を聞いて尋ねてきた。俳諧の心得あると知って芭蕉にも引き合せ入門したのだった。立派な邸宅に泊

っての挨拶句、

帆かけ舟あれやかた田の冬げしき　其角

此月の時雨を見せよにほの海　曲水

曲水邸を足場にして堅田本福寺住職の明式上人こと号千那に会う。千那は昨年芭蕉に入門した人である。伯母の話をすると檀家のひとりと知っていて案内してくれた。霧が仄かに湖上を覆う夕暮の道を少し登った処に伯母宗隆尼の小家は在った。もう八十三歳の年寄りで家人にいたわられながら伏せっていたが、東順の子息と聞くと、おう、おうと顔をくしゃくしゃにして喜んだ。ともかくも息災と父に便りを出す。このあと一ト月ほどして宗隆尼は亡くなるので伯母と甥の対面は一期のこととなる。

千那に供して父の古郷堅田の寺へとぶらひけるとて

婆に逢ひにかゝる命や勢田の霧　其角

伊勢路から近江路までは紅葉がまだ盛りであったが、栗田口から入った京はもう散紅葉で、琵琶湖疏水や白川には錦のように色とりどりの落葉が筏になっていた。

まず便りを送った湖春の誹諧堂を訪ねる。二条間ノ町の誹諧堂は五年前と比べて妙に整然と片付いている。久闊を叙したのち其角が書籍道具が見当らない部屋を眺めていると、

「物がのうなっていぶかしく思われたんどすな、父の屋敷へ移しましてん、少々理由がありますよってに」

湖春は笑いながら、片付いてせいせい致しました、と手で部屋をぐるりと廻すようにした。内密に口外無用と念を押されての話は、父が何と江戸幕府から歌学指南方として招かれたというのであった。

北村季吟はこの年六十四歳、すでに湖春にすべてを任せて隠居したはずであった。このたびの推挙は出羽山形城主松平直矩公によるもので、季吟は生き返ったように達者になっているそうだ。

「父は高齢のことでもあり、私が補佐として一緒に行かねばなりまへん。父も私も一家あげての江戸移住、難儀なことですわな」

と嬉しそうに話す。江戸の者が京を憧れて上洛を志すのと同じように、京の者も今や国の権力の集中する江戸への興味があるのであろう。湖春は一度江戸下りしているが季吟は初めてのことになる。

「それはまた、めでたいことでござりますな」

「いや早急のことではあらしまへん。此方のもろもろを引き継ぐ者を選ばねばならんし、あちらでは新しい屋敷を賜わるとかで、まだまだですよってに、くれぐれもご内密に」

湖春は、このたびは季吟の屋敷に泊れ、父も江戸の話を聞きたがるだろうと言った。五条通の東本願寺に程近い季吟邸は広大豪奢なもので、なるほどこれを片付けるのはおおごとであろうと思われた。

俳諧師の頂点であり、歌人、歌学者、『土佐日記』『伊勢物語』『源氏物語』『枕草子』などの注釈書を著わしている季吟は、鬢はもう真白だが肌の色艶もよく、機嫌もよかった。其角を引見してこれまでの学びを尋ねたのち、

「ふむ、なかなかの学問を修めておるようじゃな。しかし歌学の学びが欠けておる。ひとつ講じて進ぜよう」

そう言うので其角は暫く季吟から歌書歌学の講義を受けることになった。与えられた小部屋に引き取ると湖春がやってきて、

「親父さまは将軍家に講義をせねばならんとゆうわけで、近来その下稽古をなさっておるらしうて」

と苦笑まじりに囁く。下稽古であろうと何だろうと天下一の季吟から講義を受けるのはありがたい。内藤左京亮こと風虎も西岸寺の任口上人も皆季吟の弟子なのである。その上近いこともあって東本願寺門跡も教えを乞うており、ある日は本願寺への出稽古に其角も連れて行ってくれた。門跡の第十六世一如上人とも知り合うことができた其角だった。

千春や信徳とも旧交を暖め百韻興行。折を見て島原へもでかけたが、五年前に相方となった花

魁の瀧川は、二年前にふとした風邪が元で亡くなっていたのには驚き、遊女の身の薄命と無常をしんと味わう其角であった。

　十月の末には去来に招かれて嵯峨の別墅へ行った。

落柿舎と名付けられた別墅は竹林に囲まれて常寂光寺（じょうじゃっこうじ）の麓に在る。寺は紅葉の名所というがもう散り尽している。丈高い柿の木があり高い梢には陽を受けて宝玉のような実が二つ三つ残っていた。この柿は甘くて大層よく成るので買いたい者がおり、では明日採りに来るといったその夜、俄かな大風で皆落ち尽くしてしまった。買いに来た者は吃驚して、こんなに落ちる柿は見たことがないと呆れて帰った。それから落柿舎と名付けたのだそうだ。落柿舎には小川椹木（さわらぎ）町に住む加生もやってきた。加生は尤昌（ゆうしょう）と名告る町医者、のちに凡兆と俳号を変えて去来と共に『猿蓑集』を編み、その序文を其角が執筆することになるのだが、その日集まった三人は先ゆきの運命をまだ知る由もない。

　霜月に入って其角は大坂へ淀川下りをした。まず西鶴の家を御免下されと訪れる。

「おお、これはこれは、東都の俳諧大将ではおへんか、よう来なさった。久しうてなつかしい」

　妻を早く亡くしている西鶴には娘が二人いて、一人は盲目であった。一人は嫁ぎ、その盲目の娘が目あきと変らず茶を淹れてくれる。浮世草子を次々に出板している西鶴なのにその暮しはつましいものに見える。

「お変りものうご繁昌のご様子で」

「いや、儂はもう俳諧は止め申した。つまらん口先手先の古臭いものが流行ってな。じゃがあの『続虚栗』はさすが其角どの」

その撰集に女人の句を入集したのは西鶴どのの『古今俳諧女哥仙』に感心したからだと告げると、西鶴は喜んだ。もともと絵入り撰集を発明したのは自分だという。確かに『歌仙大坂俳諧師』『百人一句』『俳仙三十六人』などの絵姿入り撰集は西鶴を以って鎬矢(こうし)とする。好色物や『男色大鑑』『世間胸算用』と浮世草子の上板は多いが、其角はどれも読んでいない。

西鶴にだけ見せようと思って江戸から携えてきたのは『吉原源氏五十四君』である。

「ほう、これはまた粋な題箋でおますな」

手に取ってさっと目を走らせた西鶴は、

「えろう凝りはったなあ」

と言い、凝りすぎじゃないかと笑った。

「この、花紫だの薄雲だのちう花魁はそら喜んだろうが、あんまり売れへんかったんとちゃいますかな」

「さよう、その通りで」

其角も笑った。全く図星だった。『吉原源氏五十四君』は評判記というよりも遊女列伝か花魁物語のようなもので、一篇一篇が長文のためすっと頭に入らないらしい。途中からは短くしたのだが売れゆきは芳しくなかった。が、見世の旦那衆が上板の費用は持ってくれたし、ずっと木戸御免だったから損はしていない。三浦屋などでは贔屓客に土産として配っているのだった。

団水、西国、西吟など西鶴の許を離れずにいる者たちと新地に遊んだりしているうち、堅田の千那から伯母宗隆尼の死の報が入った。今生の別れとは思ったが、初めて会うて一ト月も経たぬうちとは、と一層無常迅速をしみじみ感じつつ、墓参りに近江に向う。まことに生者必滅会者定離と呟きつつ塚に立てられた卒塔婆に香を手向ける。父より十四も年上の姉なわけで、父にもこの年まで長命して貰いたいものだと思う。

近江俳諧衆の頭目と芭蕉に聞かされている江左尚白を尋ねた。昨年の『孤松』という大部の撰集を出板し大いに気を吐いた人である。この集には芭蕉、其角、素堂など蕉門が多く入集しており、近江俳諧衆は洩れなく網羅していて、中でも百七句入集している川井乙州は大津駅伝馬役、その母智月も俳諧をたしなむので尚白に案内されて顔をあわせた。

京から加生がやって来て尚白と三人で三吟三ッ物を首尾、これらこの旅での作はすぐ撰集に編むつもりであった。

湖春に撰集のことを話して跋文を頼んだ。何しろ季吟の子息で英才である。京土産としてこの上ないと思ったからだった。一応撰集の題は『俳番匠』とすると告げたら、それに合わせた長文の跋を湖春は書いてくれた。しかしのちに其角は題を変えて『いつを昔』とするのである。そのため題と跋文は喰い違うことになり、上板も遅れて世に出たのは翌々年になってしまった。

それはのちのことで、このたびの上洛では多くの蕉門に会い、『新三百韻』を物し、西鶴との旧交を温め、実りある旅と満足しつつ江戸に戻ったのは師走に入ってからである。

明けて元禄二年、其角は二十九歳。芭蕉は草庵を人に譲って奥州行脚に曽良と旅立ってしまった。

昨秋、越人と木曽路信濃路を辿って帰ってきたばかりなのである。宗祇、能因の跡を慕って歌枕を尋ねる旅というのだったが、俳諧衆が言わず語らず察しているのは、藤堂藩から何らかの指示があったのではないかということだった。

供連れを初め芭蕉庵の近くに住んで連日何かと世話働きしている路通ということだったのに、急に曽良に変ったのもその憶測を裏付けるものだった。

曽良は深川の五間堀に住み、これも近来芭蕉庵に日参していたらしい。元は武士で神道を吉川惟足(これたり)に学び、伊勢長島藩に仕えたこともあると聞くが今は何をして糊口をしのいでいるのか判らない。乞食僧に等しい路通より旅の道連れとしては頼もしいであろう。すでに四十を越えているのではあるが。

この旅立ちには餞別の座もなく、連衆数人が見送りに出ただけであった。

其角は京土産の撰集の題『俳番匠』がだんだん気に入らなくなり、芭蕉に相談したかったたし、仮に『雑談集』と題をつけた小文集も見て貰いたかったし、上洛の旅で知り合った俳諧初心者のために、何か手引きのようなものも書きたいと思っていた。古参新参を問わず学問のある連衆も数多いけれども、かんじん要のところで意見を聞きたいと思うのはやはり芭蕉である。

旅先から折々には便りがあり、其角は何時何処で届くやらと思いつつ、

さみだれや君がこころのかくれ笠　　其角

の一句を添えてこちらの近況を送った。

秋に大垣に着いた報せは届いたが、芭蕉はそのまま湖南京洛と故郷の伊賀に廻って江戸へは帰ってこない。

しばらくもやさし枯木の夕づく日　　其角

ある日主の捨てた芭蕉庵に立ち寄った其角は、住む者の変った草庵を眺めて一句ものしたのだった。

――己は己の道を進むほかない。

そう思い定めた日暮であった。

元禄三年四月八日、母の忌に芝二本榎上行寺に墓参した其角は、

潅佛(かんぶつ)や墓にむかへる独言　　其角

の一句を手向けたのち、ああもう四年になるのだな、と今更ながら月日の歩みの疾さに胸を打たれた。母の俤が彷彿とする。

——自分の事にかまけて取り立てて供養もせずに過してしまった。源助源助と、酒を呑んで遅く戻る折も寝ずに待っていてくれた。

この時、追善として一ト夏百句を自らに課すことを思い立ったのであった。

四月十五日、延引していた京土産の撰集『いつを昔』上板。これは、

新月やいつを昔の男山　　　其角

から取った題。昨年の暮に北村季吟、湖春父子は一家挙げて江戸下向、神田小川町に新しい広大な屋敷を賜わっており、湖春の跋文には「俳番匠」とあるのをそのまま出さざるを得なかった。『いつを昔』は発句四十八、歌仙三、三十句一、三ッ物三、の小ぶりな撰集である。部立てを四季にせず、天象、旅行、地儀、草部、木部、獣部、神祇釈教などとした所が目新しく、女人は四人で殊に入門したばかりの秋色（しゅうしき）の句は好評だった。

申習ひに

蜆とり早苗にならぶ女哉　秋色

初露に風さへしめる扇哉　同

ひとり居やしがみ火鉢も夜半の伽　同

秋色は小網町の菓子屋の娘、幼ない時から利発で手習いする頃から親に俳諧の手ほどきを受け、句の姿もよろしいので其角の撰集に女人の名があることが評判になり、是非ともと入門を願ってきたのであった。習作十句ばかりを持参した中の三句を採り、『いつを昔』の巻尾に其角は据えた。色白丸顔の下町娘らしい気性で其角の縁の深い弟子となるのである。

母の追善に一ト夏百句を志した其角は、四月九日から七月十九日までつとめて満百句とした。

満百

有明の月に成けり母の影　其角

これを巻尾に置いて撰集『花摘』を上板。自序、発句百三、表六句一、去来の鼠の俳文に閑興六歌仙を加えた。

ゆく水や何にとゞまる海苔の味　　　　其角

を起句として渓石、琴風と巻いた歌仙は快心の出来であった。

第五章　霜の鶴土にふとんも被されず

師走の冷たい風に焦げ臭い匂いが鼻をつく。煤が舞いあがる。黒焦げの柱や板が散乱し、何かの調度らしい物の残骸や鍋釜がころがっているのも無残な情景だった。

其角は借り物の綿入れと頭巾を被って凝然と我が家の焼跡をみつめていた。何しろこの秋、借地ながら初めて建てた自分の家なのである。庭に竹を植えて「有竹居」と名付けたその竹が、焼け爛れて根元にわずかな青味を残しているのもいっそ惨たらしい。

芝南港に新居を構えてわずか三月足らず、元禄十一年十二月十日、火元がどこか定かではないが、未明に起きた火事が北西の風に煽られて瞬く間に燃え広がり、新居も類焼、命からがら妻子と逃げ出すのがやっとだった。飼っていた鶏が駈けまわり、子供の伽にと貰い受けて可愛がっていた柴犬がくうんくうんか細い鳴声を挙げている。犬にも異変は判っているのだ。

十二日、焼けてから二日めである。やっとああたんとかううたんとか言い初めた長女のさちと妻は、取りあえず実家（さと）に身を寄せ、其角は門人の大目（おおめ）宅に泊っている。女弟子小川秋色（しゅうしき）がやはり同門の大目寒玉（かんぎょく）に嫁して二人で古着屋をやっている。古着屋といっても柳原土手下に並ぶ小屋掛けのような店ではなく、京の下り物や旗本などの出物を扱う大店であるが、寒玉の両親と夫婦の間に子が三人もいるので仮りの宿りである。

——どこぞに空家はないか。

と思案しているところだ。差し当って鶏と犬をどうするかとやって来たのである。

「あ、お師匠、とんだことでござりました」

「ようご無事で。ああ、きれいに丸焼けでござんすな」

「ご家内は、嬰さんはいかがなされました」

口々に声を掛けながらやって来たのは枳風、岩翁、柴雫（さいか）、専吟（せんぎん）。其角の門人であった。皆手に荷を提げている。中にも枳風は二合半（こなから）の徳利を持っていて、

「風邪を引くといけません。一寸身裡から温めなされ」

栓を抜いて渡してくれた。燗をしてきたのだろう熱い酒であった。咽喉を焼いて胃の腑に沁みる。

「うん、丸焼けだ、皆燃えてしもうた。日記も全部」

漸く物を言う気になった。書物も焼けたが一番の痛手は日記である。貞享元年初めての京上りの日から十四年、一日も欠かさず付けていた日録は袋や行李や皮籠に入れて吊るしてあったのだ。

逃げ出すときに若干の書物や身の廻りの物や道具は少し持ち出したのだが、日記のことは思いつかなかった。

他の物はまた調えようがある。あの日記ばかりは代えようもない。なぜ一番に持ち出さなかったろう。

物も言えず佇ちつくしていたのは、口惜しさと無念と己の愚かさと共に、これまでの自分の生きた証しが失われたというそ寒さに捉われていたからだった。

山積みしていた俳諧集も持ち出せたのはごく少部だった。が、これは諸処の連衆たちが持っているものを借りて写せばよい。師翁からの書状も焼けた。

鳶職や人足が駈けつけ後始末に立ち働いている。鶏と犬の落ち着き先も見つけてくれて、まだ半ば茫然としたまま其角は仮寓に戻った。

数日後、伊勢町に手ごろな空家を見つけてくれたのは岩翁。蒲団、大鉢、鍋釜薬罐皿小鉢と連衆があれこれ持ち寄ってくれ、妻子と久しぶりに夕飯の膳を囲んだのは五日経ってからだった。

妻は十五も年下で門人となった日寿尼の世話で貰ったのである。くりんとした黒目が愛らしく茹で玉子を剝いたような顔で、読み書きもよく出来る女だった。一年ばかりで長女さちが生れた。名付け親は日寿尼に頼んだから大喜びの尼さまは、誕生祝はもとより初節句の祝いも妻の里より豪儀だったし、火事の跡を見て涙した尼のこと、さちの衣類だけは新品を揃えて届けてくれた。

其角はやっと落ち着いたと思ったら高熱を発して寝こんでしまった。寒い焼跡に佇ちつくしていた時から、背筋がぞくぞくしていたのだったが、我慢して家移りなどしているうちに病いが進んだらしい。もともと肝の臓が悪くて無理をすると白目が黄いろくなるし、道ばたで小便をすれば蟻が寄ってくることもあって、それもこれも酒毒のせいと判っている。具合が悪くなるとさすがに酒を控え、食養生をし、柴胡、茯苓、人参湯などを自分で調剤してやり過してきた。

しかし、家が焼け日記が皆灰燼に帰してしまった今は、躰よりも心神の失望と衰えが重かった。ひっきりなしの見舞客の応対も妻や弟子に任せて寝付いていた其角は、これまでの自らの足跡を振り返ってみようと思いついた。四年前に亡くなった師翁が、かつて金沢の北枝宅がやはり類焼した折、「焼けにけりされども花は散りすまし」と一句詠んだのを賞讃したことがあった。

——何もせずに寝こんでおったら師翁に笑われよう。

自分の来し方を振り返る、そうすればまたその先への道も拓けるかも知れぬ。見舞いの品には筆墨も料紙もあるのだ。其角は少し気分のよい朝餉のあと机に向った。まず書き出したのは自撰集である。

一、桃青門弟二十歌仙
一、田舎之句合
一、虚栗
一、蠹集

一、新山家

ここまで書いて、ああ大巓和尚、と思う。なつかしい俤が彷彿とする。自分に学問というものが少しでも身についたのはこの和尚の薫育の賜物だった。若かったなあ、と思う。

独吟歌仙を詠んだのはまだ十七歳のこと。三年のちに上板したこの撰集は自撰集とはいえないが、自分の出発点であり、また蕉門の出発点でもあったのだ。

一、吉原源氏五十四君
一、いつを昔
一、続虚栗
一、花摘
一、正風二十五条
一、雑談集
一、萩の露

『雑談集』と『萩の露』は師翁に目を通して貰った最後の撰集となったのだった。『萩の露』は父東順の追善集。師翁が東順伝を認(したた)めて下さった、と思うと父と師翁の一年おきの別れが胸に浮かんできて、幸い持ち出したものの中にあった『萩の露』を取り出す。

この集に其角は父の終焉記を誌した。元禄六年八月のこと。読み返すと我が筆ながら当時の様子がありありと浮かんできてつい涙がこぼれた。その年の夏初めから寝ついた父のことを、信州の弟玄通に知らせ、弟は信濃の山菜や漬物などを背負ってやって来、一ト月ほども父の病床に看取りの手を尽した。妹も毎日通ってきたからきょうだい三人、あんなにしみじみ語り合ったのは初めてのような気がする。時折信濃弁がまじる弟は、江戸に居た頃の少し頑なところが消えてよく話すのだった。

「実を言うと、昔は兄さんが鬱陶しかった」

「へええ!」

「学問が出来て人付き合いがよくていつでも機嫌がようて、何じゃ、と思うとった。ふた親にも可愛がられて同じ兄弟やのに扱いが違うて、着る物もお下りばっかり」

「そりゃあお前、兄の着物を弟が着るはどこの家でも同じ。それに母上は大層お前のことを案じておられたぞ」

死の床で母が、あの子にはもう今生の別れをした、呼ばずともいい、向うで暮しが恙がのう立てればと言い遺したことも伝えた。

「そうよ、兄さんたちの扱いが違うてはいませんでしたよ。ちい兄さんが自分から引き籠ってただけじゃないの」

妹も口を出す。そうだったかな、と玄通は怒りもせずにうなずく。

「いや、私も悪かった。自分のことにかまけてお前がどんな気持ちでいるか考えもせなんだな」

自分の遊びに誘ったことも俳諧をやらぬかと言ったこともない。皆大人になったなと思ったことだった。

信州から便りが来て医者が留守で困るとあり弟は父とも今生の別れをして八月に帰って行った。せんかたないことであった。

八月十五日には、父の望みで枕辺に月見の台を設え、連衆七、八人で一巻首尾した。それが『萩の露』に入っている。師翁の追善文は、と思って、そうだ、あれは間に合わずに次の撰集『句兄弟』に入れたのだったと気付く。これも持ち出してあった。

『句兄弟』は同じ季題の二句を兄、弟として三十九番組合わせたのが上巻。兄の句はさまざまな人の発句を先に立てた意であって、弟の句は皆其角作、上手下手の意ではない。

三十四番
兄　西鶴
鯛は花は見ぬ里もありけふの月
弟　其角
鯛は花は江戸に生れてけふの月

西鶴も父と同じ元禄六年に他界したのだった。あの野放図な振舞や喋りまくる顔を思い出してなつかしい。

なつかしいと言えばやはり師翁である。

三十九番

兄　其角

声かれて猿の歯白し峯の月

弟　芭蕉

塩鯛の歯茎も寒し魚の店

自句を兄としたのは先に詠んだからであって師を下に見る心ではない。この一句に反転する手法を蒐めたのは師翁も面白がってくれたが生前に集上板はできなかったのだ。中巻には父の追善句、

一鍬に蟬も木葉も脱(もぬけ)哉

を発句に独吟歌仙を置き、その次に師翁の「東順伝」を入れた。

東順伝　　芭蕉稿

老人東順は榎氏にしてその祖父江州堅田の農士竹氏と称ス。榎氏といふものは晋子が母かたによるものならし、ことし七十歳ふたとせの秋の月を病る枕のうえに詠めて、花鳥の情露を悲しめる思ひ、限りの床のほとりまで神みだれず、終にさらしなの句をかたみとして大乗妙典のうてなに隠る。若かりし時医を学んで常の産とし、本多何某のかうより俸銭を得て釜魚甑塵の愁すくなし。されども世略をいとひて名聞の衣をやぶり杖を折て業を捨ッ、既に六十年のはじめなり。市店を山居にかへて楽しむところ筆をはなたず机をさらぬ事十とせあまり、其筆のすさみ車にこぼるゝか、ことし湖上に生れて東野に終りをとる。是必大隠朝市人なるべし。

入月の跡は机の四隅哉

弟にはああ言ったが、やはり父の愛は自分に対して格別なものがあったと思う。膳所藩の侍医を継がせずに俳諧師の道へ進んだ其角を快く支えてくれた。学問の師を選んで学ばせてくれた。

——あの時は大きに喜んで貰うた。まあせめてもの孝行か。

その年の六月二十八日、廻船問屋の白雲や紀伊國屋の千山に誘われて大川の船遊びをした折のこと。長く雨が降らず田畑も干上るほどで、船を降りて三囲(みめぐり)神社のあたりへ行くと村人が集って雨乞いの祈禱をやっていた。千山がどうだ、雨乞いの一句詠んでは、と唆かしたので気随に、

　　白雨(ゆうだち)や田を三めぐりの神ならば

と短冊に書いて社に納めて帰ったあと、沛然と雨が降り出したのである。

「さすが其角宗匠」

「霊験あらたか」

と居合わせた者が吹聴して一夜にして盛名高くなった。そうでなくとも江戸では、旅に出てばかりの芭蕉の名は知らずとも其角の名を知らぬ者はない、という程評判を得てはいたのだったが。

父は喜んだ。もう此の世に思い残すことはないと言った言葉通りにそれから寝ついたのだった。

師翁は例の如く片頰にうっすら笑みを浮かべて、

「よい功徳をしたな」

と言っただけである。もとより其角自身、自分の句に天が感応したなどとは思っていない。丁度雨の降る前に船遊びをしたという運の良さだと思っている。芭蕉が功徳と言ったのは雨のことではなく、其角の強運の結果俳諧を志す者が急に増えたのを喜んでいたのだった。

実際俳諧の付き合いは増える一方だった。

内藤露沾（ろせん）公邸では月次会があり、江戸に来た乙州と智月を連れて行って主客双方に喜ばれたものだ。大名と町民の垣を越えて親しくしていた露沾公は、元禄八年に弟に藩主の座を譲って磐城に戻られたが、弟君露江公とも付き合いは続いている。他に備中松山藩の安藤長門守こと俳号行露公とは、これも隔てのない交わりで火事見舞にも大層な金子を贈られ、春には御庭の花を届けてくれたものだ。

行露公は其角より十歳年下、どことなく面ざしが似ており、前世では兄弟であったやも知れぬと冗談を叩きあうほどの仲。伊予松山藩の松平直政公も俳諧を好まれ、三嘯（さんしょう）と号して家老の粛山（しゅくざん）やその他の家士と興行を重ねているらしく、其角も招かれて殊に粛山は身分を忘れたように師事してくれる。仙石壱岐守にも伺候したし、秋田佐竹藩の家老其雫（きか）とその家中も門人である。沾徳（せんとく）が連れてきた赤穂浅野藩の家中もいた。

女人もおおいに座に加わるようになった。秋色はもう門人として確かな位置を占めている。日寿尼、松吟尼、辰下（しんげ）、笹分（ささわけ）、翠袖（すいしゅう）、此友（しゆう）などいずれも子や兄妹が門人であって、その縁で入門したのであった。

行露公の大塚下屋敷は含秀亭と名付けられて月次会の催しがあり、そこに秋色を伴って行ったときには度肝を抜かれるようなことがあったものだ。この日秋色は大名屋敷に参上するとあって気を張ったのか、店の品物であろう京下りの流水紋の友禅に綴れ帯を締めてひときわ女っ振りが見事であった。そのためか一巻首尾してのちの酒宴で家来衆がたわむれかかった。女との付き合

いといえば遊び女しか相手したことのない侍どもが埒もない振舞に出たのだ。秋色はつと筆をとって、

武士(もののふ)の紅葉にこりず女とは

さらさらと一句認め詠みあげたから、さすがに酒酔いの武士も恥入って引き下がったのであった。

「紅葉にこりず」とは謡曲「紅葉狩」の平維持が鬼女に惑わされたことを踏んでいる。江戸の下町育ちの女の心意気躍如として、こんな芯の強さのある女だったかと其角も驚いたのだった。

芝居者との付き合いも多かった。村山万三郎、中村七三郎、名古屋小山三、生島新五郎などと宴席を共にし付合も楽しみ、花見紅葉見雪見と役者衆を連れ歩くのも人目を引いて面白い。その辺が師翁とは違い、一部の蕉門からは非難されることもあったものだ。

役者といえば何と言っても荒事の創始者で一番の高給取り市川団十郎。延宝元年に十四歳で初舞台、坂田金時の役を工夫して全身赤塗り顔の隈取りで観客をあっと驚かした。出自は武田武士の裔であるそうだが父重蔵は俠客であった。団十郎は三升屋兵庫の筆名で台本も自ら書く。一興行三百両が五百両になり七百両になるという大層な勢い。元禄六年には京に招かれて妻子と一門引き連れて上洛した。坂田藤十郎のしっぽりした世話事に馴れた京の見物衆に、団十郎の荒事は

あまり受けなかったようだが、この上洛中に団十郎は椎本才麿に入門して俳号も一字貰った才牛とした。才麿は其角も親しい元は才丸。

「なんで其角宗匠に入門なさらなんだか。そら京では羽振りようても才麿より其角先生の名が諸国に鳴り響いておりますのに」

芝居小屋を訪れたとき連衆である少長こと中村七三郎が不満げに言ったことがある。居合わせた者が皆そうそうと頷くなかで、

「あのお方は一風変わった骨のあるお人で、われら小者が入門しとる宗匠は気に入らなんだのかも」

という声が聞えた。誰か判らなかったがもしや生島半六ではなかったか、と思い当ったのは五、六年のちのこと。其角は笑って、

「その道に入るには機というものがござる。京という帝(みかど)の在わす土地で風雅に目覚めることもあるだろう。江戸へ戻られたら誘い合わせて一座してみたいもの」

と一同をなだめた。その言葉通り団十郎こと才牛は江戸に戻ってから其角にも礼を尽すようになった。才麿から其角の英才ぶりを吹きこまれたとも囁く者がいる。団十郎の子息の九蔵はなぜか其角によくなつき、暁雲こと絵師の朝湖と其角が両手を引いて吉原見物に連れ立ったこともある。夏のことで三升紋付の絽の振袖を着た六歳の九蔵は、まあ可愛らしいと花魁たちに大もてであったものだ。

其角が大名邸へしばしば伺候するのを、権勢に諂うと陰口を聞くこともあったが、其角は気にしなかった。媚び諂っているつもりは毛頭ない。招かれるから行くだけのこと、一応相手の身分に応じて衣服や言葉遣いは正しくするけれども、一座連衆として批点にも色を付けたりはしない。

これをよく判ってくれたのは師翁で、

「大名や家老らが俳諧に身をいれたらば自ずと家中の者もたしなむようになろう。一座建立に士農工商の別なく、皆同行であれば世の中住み易くなろうというもの」

と、いつも他の門人たちに其角をかばってくれたらしい。芭蕉自身は内藤家には何度か呼ばれたものの大名連とはあまり付きあわなかった。これは藤堂藩から陰扶持を貰っていたためだろうと其角は推察している。が、元禄五年に猶子桃印が病に伏し、勤めが叶わず扶持も切られたようで、一時弟子衆に借金の申し込みをしていて其角も何がしか喜捨したものだ。桃印は亡くなった。其角と同年であったのに。そういえば同じ年湖春も亡くなった。無常迅速である。七年には師翁も。

一、枯尾華

一、句兄弟

一、末若葉

今更ながら師翁の臨終の床に行き合わせた奇縁を思う。あの年の旅は九月六日に岩翁とその息子亀翁、横几、尺艸、松翁と六人連れでのんびりと宿りを重ね、街道の名所社寺も存分に眺めて修復なった熱田の宮、伊勢神宮、二見、初瀬、吉野、高野と廻って和歌の浦に船遊び、大坂に着いたのが翁の臨終の前日だったのは正に神佛の導きでもあったろうか。旅の途次の詠句は『句兄弟』の下巻に収めた。三度めの東海道上りでやっと心ゆくまで旅の吟が出来たのだった。

『末若葉』は岩翁編『若葉合』と対の集で、かつての『桃青門人独吟二十歌仙』に倣い、独吟十歌仙ずつを収めたもの。其角は独吟を上の部、下巻は歌仙、発句を並べたが、その中に師翁が嵐蘭の死を悼んだ一文も入れた。

「悼（いたむ）レ嵐蘭（らんらんを）詞」はこの門人を慈しんだ芭蕉の真情溢れるもので、何かの集にと預けられていて未だ版木に起せなかったもの。嵐蘭の一子はまだ七歳、師翁が嵐戎（じゅう）の号を与えられたのも空しいことになった。

秋風に折てかなしき桑の杖　　芭蕉

その悼辞に添えた其角の句は、

蘭戎が孤愁をあはれむ

芋の子もはせをの秋を力哉　　其角

七月十二日於二翁之牌前一捻レ香拝二書之一

であった。その年の翁の祥月命日には、

十月十二日　深川長慶寺

時雨（しぐるる）ゝやこゝも船路を墓まいり　　其角

を発句として追善歌仙一巻を集に加えた。岩翁編の『若葉合』と併せて独吟二十歌仙は、いわば其角門の新しい出発の幟であると言える。此の頃から其角は宝井と姓を変え、狂而堂と名告った。もともと父は竹下姓であるが其角は母方の榎本姓を使っていた。どちらもお上から与えられた姓ではなく、竹林の下にある家、榎の樹の下にある家ということで便宜上付けたもの。竹よりは榎の方が力ある気がして使っていたが、新しく蕉風からの出発として師翁が『虚栗』の跋文に書いてくれた「宝の泉」を姓としたもので、其角の自負の表れでもある。

自撰集の次に、他人の撰集に入集したものを数えようとまた筆を取り、

——一番初めに版となったのは『坂東太郎』だったな。儂は十七、ああ、昔おもえば涙がでそうだ。

『坂東太郎』『東日記』『俳諧次韻』『武蔵曲（むさしぶり）』と書き付けて其角は吐息をついた。全部は覚えていないが、諸処から求められて入集したものは百にもなるのではないか。若い日の詠は今でも口ずさむことができるのに、近年のものは日記の中に誌して安心していたから、覚えていないのだった。

「やあ、晋子はどうですかな」

玄関先で声がする。狭い家だから訪れる人は声で判る。大した用でなければ上らせずに帰って貰う。小女もいるし門弟の誰かが代りばんこでやってきて細々した用を足してくれていて、この日は寒玉が詰めている。

——あの声は、嵐雪（らんせつ）。

手を叩いて妻を呼び、上げてくれと言おうと思ったら、嵐雪は勝手に通り、

「おお、おさちちゃん、大きゅうなったな、ほれ、小父さんの土産だよ」

二歳になったよちよち歩きのさちがきゃっきゃっと笑い声を立て、妻の挨拶の声。

「どうだ、少しは快（よ）うなったか」

嵐雪は昔の野放図ぶりがそのままに、ぬっと襖を開けて入ってきた。遠慮のいらない長い付き合いである。

「ああ、大分良い方だ。いいところに来てくれた」

「そうか、顔色も良くなったじゃないか。酒を控えておとなしゅうしておると見えるな」

「そこが辛いところ。長庵が毎日やってきてあれはいかんこれもいかん、蜆を食べろ、麦飯にしろとうるそうてなあ」

長庵は父の医の弟子、其角の俳諧の門人で俳号は是橘という。堀江町の家を譲って貰ったのを恩に着て、薬料もとらず親身に世話をしてくれている。

嵐雪も雪中庵と名告って其角と並ぶ江戸では高名な宗匠、いっとき破笠と其角の住居にころげこんできた頃とは違って、小ざっぱりした紬を着こみ、少し霜を置いた髷も鬢も見苦しくなく調えている。嵐雪は初めの女房が亡くなったあと迎えた後妻烈女と、家で付合などもしているという噂だった。烈女が猫を盲愛しているとこぼしてもいた。

「みな焼けてしまったから、昔の撰集など思い出して書き付けておる。己の集は判るがあちこちの諸集に入れたは数え切れず、これまでの儂の生涯が消えたような気がする」

「ああ、みな焼けたか」

「きれいさっぱり」

「儂の所にあるぞ。晋子が入集しておる集にはずいぶんと共に並んでおるからな。しかし比べものにならんだろう、そっちとこっちでは」

嵐雪はうーんと唸り、

「連衆に沙汰して集めればよい。皆自分の集は一冊と限らず何冊か遺しておるだろう。それに晋子が序跋を書いたものも数多いし、年毎の歳旦引付も捨ててはおらぬはず」

そうだ、序文跋文を書いた集ぐらいは集めよう、と其角は思った。それも数多いのであるが、なかんずく京の去来と凡兆が師翁の指導のもとに編んだ『猿蓑』、あれに序文を書かせて貰ったのは嬉しかった。『猿蓑』は見事な撰集で、発句は吟味されて一句も駄作はなく、四歌仙は俳諧衆がこぞって瞠目する新鮮かつ風雅の極みであった。添えられた芭蕉の「幻住庵記」がまた俳文のお手本と言いたい雅致あるもの。京湖南の連衆だけで出来上ったのが口惜しいほどであったが、序文を任されたのは其角の位置を表わしていることになる。嵐雪も発句は入集しているが、ああ、この時京に居たかった、と言ったくらいだった。その後に上板された『ひさご』『炭俵』にはあまり心惹かれなかったのであるが。

「そろそろ花見だ。具合がよければ飛鳥山あたりへ誘おうと思うたのだが」

といら嵐雪へ、

「花見なら、ちょいと其処を開けてみろ」

其角は障子を指した。ん、と嵐雪が立って開けると狭庭に据えた大瓶いっぱいに彼岸桜が挿してある。早く咲くのが彼岸桜である。

「ほう、これはこれは。居ながらにして花見か」

「行露公からの下され物さ」

へえ、と嵐雪が幾分羨ましそうに桜を眺めているところへ、妻が小女に手伝わせて膳を運んできた。昼に少し早いが茶菓子よりはと思ったのであろう。それぞれに一本徳利も付けてある。

「いや、これはお手数かけて。ん、晋子もう酒もいいのか」

「いいえ、酒は酒でもちょいと味が違いますのですよ」

薬酒なのである。人参や柴胡や茯苓が混ぜてあって苦い。

「そっちと取り換えようか」

「いけませんよ、あなた。嵐雪さまはお障りものう御達者で」

七歳年上だが嵐雪はあまり大病をしたことがない。其角は自分であとはやるからと妻を下がらせた。徳利は取り換えないものの一杯くらいは本物をいくつもりなのだ。それを察した嵐雪がにやりとしてまず自分の徳利から注いでくれる。

「ああ、うまい」

味見のつもりで薬酒をちょいと注いで呑んだ嵐雪は、うわっ、苦い、これは薬湯だな、と顔をしかめた。しかめると仁王である。

「煮立てるからな、酒精分は飛んでおる」

其角は馴れてきているが、やはり本物の酒はこたえられない。

酒ゆへと病を悟る師走かな

と暮には自戒の句を詠んだりもしたが、とても止められそうもない。

「此頃は、何かにつけてふと師翁の句が口をついて出る。思ったよりずっと心底に巣喰っておるようだ。やはりぬきん出た才のお人であったな」

「おお、嵐雪もそう思うか。儂も知らず知らず翁の句を口ずさむ事が多い。それにほら、桃と桜の詠があったろう」

「うん、あれは嬉しかった。暫く翁から離れておったこともあって詫びを入れて許して貰うた、懐の大きなお人だった」

富レ花月（とむかげつに）
草庵に桃桜あり、門人に其角嵐雪有り
両の手に桃とさくらや草の餅　　芭蕉

「あれは元禄五年のことであったな」

二人は一様にしばし物思いにふけった。江戸ではそれほどでもないが、京、湖南、難波、翁の生れ故郷の伊賀、立花北枝のいる北陸、東本願寺の子息である越中井波の浪化上人、美濃伊勢と勢力を広げている支考（しこう）、大坂から西へ行脚して蕉風を語っている志太野坡（しだやば）などの力で、芭蕉の名は歿後いっそう崇められ、蕉風にあらずんば俳諧師にあらずと、囁かれるほどにもなっている。

一番古い弟子である其角と嵐雪は、今さらと思うし、伝わるところ翁の真の姿であろうかとの疑問も抱いている。

「あの京の去来や、こちらの野坡、孤屋あたりが盛んに吹聴しておる、かろみ、なんぞも師翁の真髄を継いでおるとは思えん」

「それよ、あれは実は難しい境地、師翁の俳諧次韻以後の研鑽あってのかろみなんだが、今はただの平俗に堕しておるようだ。いわば長く醸された酒の上澄みのようなもの、ろくに仕込みも練りもせずただ絞っただけのものと間違う怖れがあるな」

「うむ、其角の、行く水や何にとどまる海苔の味、あれこそかろみと儂は想うが」

嵐雪がそう言ってくれたのは嬉しかった。

『方丈記』を踏まえながらのさりげない詠み下しはすらりと出来たものだ。

「偶興だがな。儂の、自分でもよい出来と思うものは皆偶興だ。角文字にしても明星にしても」

「そのように、おのずから湧き出るものこそ多年の醸造の上澄みではないか」

そう言えばそうだ。これまでの詠の、

何となく冬夜隣をきかれけり
梅が香や乞食の家ものぞかるゝ
いなづまやきのふは東けふは西
ほとゝぎす一二の橋の夜明かな

なども偶興であるがかろみといえばかろみ。其角は一句詠むのに腸を裂いたり骨を砕いたりはしない。もっとも江戸の連衆や町雀たちの口にのぼるのは、「小傾城行てなぶらん年の暮」とか「十五から酒を呑出てけふの月」とか、「越後屋に衣さく音や更衣」なぞの口誦し易いものである。野坡や孤屋は越後屋の手代で、其角のこの一句には啞然として声が出なかったと聞いた。

「去来や許六(きょりく)が何かと言うておるが、師風に染まるだけが継承とは言えぬ、師の真似をしていては師を超えることは到底できまい。何より翁こそ古人の跡を慕わず古人の求めたるところを求めよ、と常々申されていたものを」

嵐雪は帰り支度をしながら、ふっと、

「そうさな、師翁の求めたるところと言えば新しみだ、其角は其角の道を行くのだな」

「暁雲は息災だろうか」

と呟いた。暁雲こと絵師朝湖は先年の冬三宅島へ流されたのである。お咎めの筋は判然としなかった。『百人女臈』と題する女房の絵と品定めの文章が、暗に大奥を諷したものと見なされた、とか「百人男」なる書を著わして幕閣を諷したとか、大名をそそのかして遊興に誘い大金を失わせたとか風聞があったが、島流しされるほどの罪科(つみとが)があるとは思えない。知るほどの者は皆胸を痛めていた。

「あれも気の毒なことだった。ご赦免願状も企てているらしいが」

久しぶりに語り合って時を過した嵐雪が辞したあと、一度自宅へ戻っていた寒玉がまたやってきた。

「嵐雪どのとのお話を洩れ聞いたのですが、うちのおあきは師匠の撰集はすべて揃え、序跋を寄せられた集はもとより、諸処からの求めで入集なされたものも大分蒐めております。火事で失われたはお気の毒、皆よろこんで差し上げます、と申しております。こちらへ運びましょうか」

「あ、そうか、それはありがたい。いやいやこの手狭な家に持ちこんでも困る。そっちの家にあれば何時でも見られるというもの。また訪ねるから置いといてくれ、まず家を何とかせねば、なあ」

おあきは秋色のことである。寒玉も俳諧の弟子で二人は想い合って一家を持ったのだったが、子が三人生まれて家業に忙しい寒玉はさっぱり上達せず、秋色の方は江戸随一の女俳諧師と名が売れている。寒玉は自分を置いて俳諧の座に出かける秋色を怒りもせず、むしろ自慢にしているらしい奇特な亭主だった。

「さいでございます。皆々心がけておりますが何処がよろしうございますか。また新しくお建てになりますか」

「いや、芝の家は折角新築したものを半年経たず燃やしてしもうた。借家でよい、少し部屋数がありさえすれば」

と言う其角は、妻がどうやら身重らしいと気付いていたからであった。家族が増えれば雇人も増やさねばならぬ。また鶏も飼いたい。何しろ生類憐みの令によって魚貝の類も憚かることになって、滋養のある物といえば卵だけのご時世、魚問屋の杉風も困っていると聞いている。

其角が茅場町に手頃な家を借りて移ったのは元禄十三年の春。名の通り掘割に面した側は茅原で充分な広さがあった。寒玉、秋色夫婦の呉服町からも近く、鎧の渡しが直ぐ裏で舟便もよい。漸く落ち着いた其角は体調も快くなり、次の集の準備にとりかかっていた。

元禄十三年十月十二日、其角は芭蕉翁七回忌を営み、「懐旧のことば」なる長文を前書にして『三上吟』と題した撰集を編んだ。

三上吟　懐旧のことば

先師道上の吟は馬夫どもが覚えて都鄙にわたり、枕上の吟は所々の草庵に残りて門葉のかたみとたしなめり。ことさら厠上の吟とかやは和漢風藻の人々の得たる一癖と聞え侍るにや、故翁ある御方にて会なかばに席を立て、長雪隠に居られけるを幾度もめし出ける時、やゝへて手洗口そゝぎ、笑ふて云く、人間五十年といへり、我二十五年をば後架にながらへたる也と。――略――この詞厠上の活法ならずや。老かさなり杖朽てさらぬ俤のみ、今は義仲寺の柿の葉に埋れ侍り、其塚の上に笠をかけたる事をおもひ出て

七とせとしらずやひとり小夜しぐれ

——略——

そして芭蕉翁の塚は「粟津の晴嵐を名とし侍るゆへ、今七景の題を探りて往事を思うことはりを述」と添え、唐崎の松、三井の晩鐘、比良の雪、石山の月、勢田の橋、堅田の落雁、矢橋の舟と七景を七人の吟で歌仙七巻。それに発句を並べた集。それぞれの歌仙に翁を偲ぶ付句が入っているが、中に、

かれ尾花のあらましにて門人をしのび侍り

次郎兵衛は何あきなひを夷講　横几

とあるのは、『枯尾華』の文中、次郎兵衛の名があってその後を問われ、伊賀へ引き取られたと聞くが消息知れず、と答えたことによる。棹尾に、

露時雨それも昔や坐興庵　嵐雪

を置いて亀毛（きもう）という弟子が漢文の跋で締めた。

芭蕉歿後から追善集は数多く出板されたが、やはり『枯尾華』を越える集はなく、七回忌の集にしても『三上吟』は異色であった。

しかし其角はそれで満足するわけにはゆかなかった。『若葉合』『末若葉』でいわば其角風の独吟二十歌仙を以て幟を立てたつもりなのに、思わぬ災禍でこれぞ新しい其角、という集をまだ出していない。

秋色の家に通っていた時には泊りもして、少しずつ失った書き物を拾い蒐めている。誰彼となく声をかけ、まだ版にしていない歌仙や句が次第に手許に集まってきた。

次の集は『焦尾琴』と題するつもりである。唐の故事に、祭邑が焼けた桐の材から琴を造ったのに、焦げた痕が竜の尾に似ていたところから焦尾琴と名付けた由縁に従ったのである。

「人もあはれと清怨にたへて、かえつて称美琴なるべくや、元禄辛巳のとし雁かへる比是に題す」

と前書の結びに置き、風、雅、頌の三部として編んだ撰集は、其角の力を余すところなく表わした見事なものになった。

元禄十四年春上梓した『焦尾琴』は「早船の記」など俳文三、歌仙十四、発句六百三十、五十韻一、の他漢文跋の入集連衆は、その頃、「行露」と名告られた安藤冠里公、内藤露江公、松平三嘯公、仙石玉芙公、部屋住みの大名家龍尺、闌幽公などに、家老、側用人、旗本あたりの武士二十名近く。儒学者、医師、僧侶、点者、素町人と幅広く、其角の直門のみでなく貞門系、調和系、沾徳系ほか他門の連衆も入り、言ってみれば江戸俳諧衆を網羅した感があった。

この頃其角は宝晋斎と名告っている。

これは、宋代の米元章なる書家画家として名高く、また石を好み奇石を蒐めたという人の硯を、入門したばかりの人見三弄（さんろう）に貰い、硯の裏に宝晋斎と刻んであったからである。

三弄は人見必大、父は幕府に医を以て仕え必大もそれを継ぎ『本朝食鑑』を著わした学者でもある。致仕してのち其角に入門したわけであるが、身分上其角の方が番町にある宏壮な邸に招かれて行ったのだった。三弄は、その米元章の硯と裏の刻印を見せて、

「宝井晋子といえばこの宝晋斎が宜しく叶っておろう、束修代りに差し上げよう」

と言って呉れたのであった。入手し難い貴重な品をと其角は感激し、宝晋斎の号も気に入って書の師佐々木玄龍に扁額を書いて貰い、新居の軒下に掲げたことだった。

三弄は『焦尾琴』に発句六句、漢詩一、文章一と入集しているが、春に撰集を手にして喜んだのも束の間六月には享年六十歳で他界してしまった。米元章の硯は何よりの形見となったわけだった。

其角はまた批点のために点印を作った。歌仙に点を乞われると長、中、短の印を使っていたのを「花影上欄干」「新月色」「廻雪」の三体とした。最良の句に五文字、三字、二字と点を付けるわけである。のちに変えて、「一日長安花」「洞庭月」「越雪」と直した。師翁は点者を嫌っていられたが、芭蕉点のものもいくらかはあったはず。点者を嫌われたのは宗匠が金持におもねって

高点を付けたりするからだが、其角はそれをやらない。大名だろうが家老だろうが大金持だろうが、句の出来だけで採点する。誰憚らない態度がいっそう人気を呼ぶのだった。

あるとき行露公の含秀亭で月次の座が終ったあと、十点を得た公が、

「百点というのは付けないかな。景気よくてよろしかろう」

冗談のように言われ、答えに困って、

「百点の句なぞ誰にも出来ますまい。まあ半分の五十点ならば」

「ならば五十点の印を作るとよい。そうだこれはどうだ」

と机上の文鎮を渡された、琴のかたちを模した黒っぽい石である、ありがたく頂いて其角は「半面美人」と彫らせた。

詩あきんどとしての年月は上々であったが、体調はあまり良くない。快調のときは岩翁たちと大山詣りをしたり、鎌倉江の島あたりへ遊びに行ったりもしたのだが、もう長旅はできない。師翁が陸奥(むつ)の行脚に出られたのは四十六歳の時。粗食で痩せていて厠上二十五年と笑われたくらい、腹具合がいつも難儀な御方だったのに、自分よりは丈夫だったのだとしみじみ思うのだった。酒のせいだとはよく判っていて暫くは禁酒し食養生するが、少し快くなると、やはり呑んでしまう。

——所詮無だ、空だ、この形骸は後先(あとさき)あろうとも遂には土に還る。己の生きた証しは撰集に遺すほかない。そう言えば去来が翁の道の記を版木にかけると知らせてきたが、あれはまだか。

湖春は父の季吟に先立って死んだ。信徳も死んだ、あれもこれもと連衆の死を数えると十指に

余る。暁雲は島流し。世の有為転変や無常を思いながら其角は、生れたばかりの三女お三輪を慈しんでいた。

お三輪の前に次女も生れたのであったが、この子は日寿尼の懇請で他所に遣ったのである。長女さちの名付親である日寿尼の身内に、なかなか子が授からず、やっと身籠ったのが死産で夫婦は死にたいほど嘆き悲しんでいる、丁度同じ頃に生れた次女を貰うことはできまいか、というのであった。其角の妻も日寿尼の肝煎りで娶ったわけだから、否とは言えなかった。生れてすぐに赤児は渡され、妻は溢れ出る乳を搾るのに泣いていた。しかし、小柄な躰に似ず健やかな妻はまた身籠り、元禄十四年の夏には三女お三輪が生れたのであった。日寿尼は大変な喜びでまた赤児の衣料一切と祝い金を持って来、名付親にもなったのである。其角は此の三女が可愛くて、

鶏啼て玉子吸(すう)蚊はなかりけり

蚊にも食わさず玉子のような頬に自分の口を寄せたりした。

たかうなの皮に臍の緒包みけり
百舌鳴や赤子の頬を吸(すう)ときに

そして「ひなひく鳥」という俳文を物して妻に読ませたりした。妻は目をうるませて、

「あの子はどうしているでしょうね」

と名も付けず他所へ遣った子のことを言うのだった。一切不通にするという条件だったから其の後の消息は全く知らない。

「うむ、まあ無事に育っておるだろうさ、便りのないのがその証拠、変事があれば知らせて来ようもの」

「そうでしょうね。三輪が可愛いいのはあの子と二人分」

そうなのだ、居なくなった子の分の思いも重ねていとしがるのだ、と其角も思う。

三十五になるまで妻子を持たなかった其角が俄（にわか）に家庭を持ちたくなったのは師翁の死のあとである。芭蕉の直系の家族というものはない。若い頃関わりのあった寿貞という人が尼になってから再び親しくしていたようだが、寿貞は一所不住の志ある芭蕉とは添うことはならず、他家へ嫁して三人の子を生んだ。夫を亡くし父親の理兵衛と暮していたが、理兵衛は山城から出て来た者で芭蕉の遠い縁戚だそうだ。長子の次郎兵衛は義仲寺における葬儀のあと、伊賀へ引き取られておそらく山城に戻ったのであろう。

師翁の歿後、諸方の門人たちがねんごろに追善法要を営んでいるが、直系の無いのは淋しいものである。其角はその頃自分の門人たちが師翁ほどねんごろに追善してくれるとは思ってもみず、弔ってくれる家族が欲しいと思ったのが嫁取りの決意だった。妻とさちと三輪に囲まれていると、

自分が慈しまれて育った往時を思い浮かべて、家庭とはいいものだ、師翁は淋しかったろうなどと往昔（おうせき）を偲ぶのであった。

その年は何処へ行っても浅野内匠頭の殿中刃傷とお取潰し、浅野家浪人が事を起すだろうかというのが話題になった。

元禄十四年三月十四日、浅野内匠頭は勅使接待役でありながら殿中で高家吉良上野介に刀を抜いて打ちかかったのである。江戸城内のことだから太刀は帯びていない。小刀で打ちかかり眉間に傷を与えたらしいがすぐ止められて押籠められ、その日のうちに切腹を命じられた。殿中刃傷は大罪で藩はお取り潰し、城明け渡し、江戸府内の中屋敷下屋敷も即座に引拂うことになり、浅野家は大騒動だったと聞く。吉良上野介はお見舞を頂いて帰宅、お咎めなしであった。

江戸城内で何が起ろうと気に留めたことなどなく、瓦版も見ない其角だったが、今度はそうもゆかず大名邸での月次会では人の噂に耳を傾けた。浅野藩の侍に三、四人俳諧衆がいて一座したこともあったからだった。

大高子葉、富森春帆、神崎竹平という浅野家中の連衆は水間沾徳が連れて来た。沾徳は内藤家に一時仕えていたから、露沾公、露江公の月次会でのいわば朋輩。双方の連衆が入り混じってどちらの門人という縛りはない。

その沾徳や、偶然読本屋で知り合った桑岡貞佐は子葉らと親しくしていてあれこれ気を揉んでいた。主家が断絶した武士ほどよるべないものはない。太平の世で大名の経済は苦しく新しく雇い入れる藩も少ないから、身過ぎ世過ぎには商人町人に身を落す他ないのである。世上の噂は吉良方にお咎めなかったので片手落ちだ、喧嘩両成敗が筋だと浅野方に同情する者が多いようだが、大名たちの意見は違った。

藩主たる者先ず家臣領民の暮しが立つことを考えるべきで、切腹お家断絶が判っている殿中刃傷なぞ以ての外、意趣あったにせよ場をわきまえぬ内匠頭は愚か、というのが一致した意見であった。ただ、これ迄の殿中刃傷事件は六件くらいあったが、即日切腹ということはなかった。一応双方の思う所を調べた上での切腹だったのに、このたびは一切内匠頭の言い分は聞き取られず、恨まれる覚えはないと吉良方の言葉だけで即切腹だったのである。その点が片手落ちといえばそうで、何故内匠頭が刀を抜いたかが遂に判らぬままであったため、のち様ざまな臆測を生むことにもなったわけだ。

勅使接待役であったので、皇室崇拝の念篤い将軍綱吉公が激しく立腹したらしいし、吉良家は石高こそ四千五百石だが先祖は足利公方の血をひいており、高家という幕府の儀式方万端の指導役で京へも何度も上り、宮廷と幕府間の伝達役でもあって重んぜられていたし、些か倨傲（きょごう）尊大な振舞があったらしいけれども、勅使接待において欠くべからざる人物なのでお咎めもお調べもなかったのであろう。

籠城か討死かとかまびすしかった赤穂城もすんなり明け渡され、人々の噂も下火になって年は暮れた。

　明けて元禄十五年、待ち望んでいた師翁の陸奥行脚の記『おくのほそ道』が京書肆井筒屋から上板された。この紀行文は最後の旅となった元禄七年に師翁が伊賀の兄者に遺されたもので、兄者半左衛門から去来に渡されたのを筐底（きょうてい）深く秘めて世に出さなかったが、去来も五十の坂を越え、己の残日を思ったのであろう板行に踏み切ったらしい。

　其角は、「月日は百代の過客にして行きかふ年もまた旅人也」と書き出されている道の記を、むさぼるように読んだ。師翁が江戸に戻られてからの二年ばかりの間に、草稿は折々見せて貰っていたし、随行の曽良からも話は聞いていたが、一冊にまとめられてみると心から嘆息する風雅の極みと言える紀行文である。見せて貰った発句も文中に所を得て全く別の光を帯びて起ちあがるように思える。連衆が寄れば皆『おくのほそ道』の見事さを言い合った。日録をこまめに付けていた曽良は、すべてあった通りではない、ずいぶんと手を加えられたようだ、と話していた。一冊がまるごと歌仙仕立てになっているのである。『猿蓑』に収められた「幻住庵記」も人々を唸らせたが、この道の記はより一層興趣深く心に訴えるものがあった。

　――さすが師翁。

　其角は次に出す撰集を俳文仕立てにしようと思った。師翁の向うを張ろうというわけではない。むしろ違いを、別な感興をそそる文を著わしたいと考えたのである。真似をしたところでとても叶うものではないのだ。

以前に書いた「早船の記」「文台の記」や『三上吟』の前書「懐旧のことば」など、自分でも良い出来と思ったし、世評も高かった。芭蕉も目を通してくれた『雑談集』は少し趣きを異にするが、折々の集に寄せる短い詞書でも自分の所懐は表われていると思う。

其角は俳諧の座や訪れる連衆との応対や、諸国から請われる撰集への入集、頻繁な書簡のやりとりの合間を縫って俳文にいそしんだ。「あけぼの」「ちからぐさ」「北の窓」「いなつかの灯」「ひなひく鳥」「家々の名所」など、ゆっくり書き溜めていった。

世上では三月十四日浅野内匠頭の祥月命日に、浅野藩家中が主君の恨みを晴らすため吉良邸へ討ち入るのでは、と憶測がかまびすしかったが、無事にその日は過ぎた。大名屋敷では、浅野藩家老の大石なにがしという者がしきりに浅野復興の請願をしていることが話に出たが、おそらく無理であろうというのが大名連の一致した意見であった。

沾徳や貞佐がやって来て、浅野浪人大高子葉が俳諧集を上梓したいと望んでいる、ついては一句入集して呉れまいかと言うので、

捨句

くりごとを雛もあはれめ虎が母　　其角

の一句を入集料も添えて渡した。浪人では懐も淋しかろうによく思い立ったものだ、と過分に

包んだのであった。

五月に子葉の撰集『二ッの竹』が送られてきた。おお、と其角は驚いた。『二ッの竹』とは謡曲「放下僧」から取った題箋で、その「放下僧」は仇討の物語なのだ。では子葉たちはまだ諦めてはいないのか。集中には春帆や竹平などの句のほか、貞佐も沾徳も入集しており、父と同志の板挟みになって自裁したという萱野三平の家を訪ねた折の句もある。こうはっきり仇討物の題を付けた撰集を出しては詮議がきびしくなりはせぬかと心配したが、そう多くの人々に配ったわけではなく、心ある俳諧衆は皆口をつぐんでいた。


事を決行したのは十二月十四日深夜。主君の月命日のことである。

其角はその頃微恙（びよう）気味で籠っていたが、十五日の朝寒玉が駈けこんで来て討入を知らせた。詳しいことは判らないが、とにかく本所の吉良屋敷へ何十人かで押寄せて首尾よく吉良上野介義央の首を討取り、一同粛々と主君の菩提寺泉岳寺へ引き上げたそうだ。その先はどうなったか。寒玉は息を切らせながら話して、

「泉岳寺で皆々腹を切るのじゃありますまいか」

と言う。

「とうとうやったか」

いつかはと思っていたので其角はさして驚かなかったが、その場で切腹とは思い至らなかった。

討入をした後のことまで考えていないのだ。様子を知りたい。そう言えば仙石伯耆守幕府目付役と聞いている。出石藩仙石家は壱岐守久信公が元禄十二年歿。後嗣久治公は伯耆守となったのであった。

「歳暮の挨拶と申して仙石殿に伺ってみよう、詳しいことが判るだろう。いずれにしても長い間隠忍自重、首尾を果したはまずめでたいと言わねばならんな」

「左様で。ほうでもお侍ちゅうは難儀なもんですなあ」

古着屋で俳諧師で妻秋色との間に三人の子を持つ寒玉は頭を振りながら帰った。

師走もあと半月余すのみ、雪の残る町筋は冷たい風が吹いているが、常よりも人出が多くあちこちの店先に人が固まって声高に話し合っている。棒振りや願人坊主や托鉢僧に伊勢御師などが、商売そっちのけで立ち話しをしているのにも出合う。

仙石邸への歳暮の品を届けると、顔見知りの家士が、

「殿様はお城へ上ってござるが、右近様はお出でだ、伺うか」

と言うので表へ通してもらった。右近公は弟君である。家士も何となくそわそわしているようだ。

其角は其処で聞いた事の次第を日記に誌し、のち請われるまま秋田佐竹藩の家老で門下である其雫宛に詳しい手紙を認めて送った。

泉岳寺へ引き上げた者四十六人、主君の墓前に白絹で包んだ吉良義央の首を供え、一同腹を切

るつもりであったが、泉岳寺の住職が懸命に説得して大目付へ届け出、沙汰を待つことになった。一晩泉岳寺にとどまったのち四十六人は、高輪の細川越中守、麻布長坂の毛利甲斐守、愛宕下の松平隠岐守、芝金地院前の水野堅物方へ別けられ預りとなったのである。徒党を組んで討入などは御法度の第一で罪人ということになろうが、寛大な処置があれば其角は祈る心地でいた。

桑岡貞佐がやって来て、

「秋頃でしたかな、両国橋でたまたま春帆どのに会いまして、すっかり町人の拵えで雑穀を商っておると言うて仇討なぞ思いもよらない風だったが、ようも素性を隠して耐えていたものと、つくづく感じ入りました」

と言う。貞佐は討入の知らせを聞いて泉岳寺へ駈けつけ、酒を差入れようと思ったがもう目付から番人が出張っていて、一歩も中へ入ることはできなかった、と残念がった。

諸侯へお預けの身となった浪士たちにも会うことはできない。その処遇がどうなるかが武士も町人も百姓も子供までも巻き込んで諸説紛々、どこでもその話で持ち切りだった。天晴れな忠義である、褒美を与えて今後の行先も諸藩に召し抱えさせるべき。いや徒党を組んで御府内を騒がせたのだから流罪ぐらいはあるのではないか。元々は浅野内匠頭の刃傷の時、吉良方にお咎めなかったのが片手落、幕府への異議を申し立てる所業だからやはり打首ではないか。とどのつまり将軍綱吉公がどう思うかだなどと、床屋談義も盛んだった。辻講釈が見ていたような討入を語って大入りの評判。

其角が大名邸で聞いたところでは、助命を嘆願する諸侯も多いらしい。老中の評議でも意見が割れる。綱吉公はお抱えの儒学者林大学頭(はやしだいがくのかみ)、室鳩巣(むろきゅうそう)、太宰春台(しゅんだい)などを招いて意見をもとめられたそうだ。老中柳沢吉保公お抱えの儒学者荻生徂徠も陪臣ながら吉保公の推挙で協議に加わったという。内密の御前協議でもどこからともなく話は洩れてくるもので、林大学頭や室鳩巣は忠孝を第一とする儒学の立場から助命派、儒学から古学に進んだ荻生徂徠は幕府の政道の規を守って切腹派だということだった。

徂徠の父は医者でやはり幕府の侍医、徂徠は次男で学問の方へ進んだ。のち柳沢公が下野して徂徠も致仕。茅場町に移り住んで私塾をかまえた。それは其角没後のことになるが、なぜか、

梅が香や隣は荻生惣右衛門

とまるで其角が詠んだような句まで出来たのを、もとより其角は知らない。

明けて元禄十六年二月、徂徠の議を容れた綱吉公の裁断で赤穂浪士四十六士切腹と定まる。二月各預り先で検死役見届け、一同は命を落した。

故赤穂城主浅野少府監長矩之旧臣大石内蔵之助等四十六人同志異体報ズ二亡君之讎(あだ)一ヲ今茲(ことし)二月四日官裁下令二一時伏レ刃ニ斉ウスレ屍ヲ。一万世のさえずり黄舌をひるがへし、肺肝をつ

らぬく。

　うぐひすに此辛子酢はなみだ哉　　其角

　富森春帆、大高子葉、神崎竹平、これらの名は焦尾琴にも残り聞えける也。

詞書と追悼句をやって来た秋色、寒玉、楓子(ふうし)らに見せると皆首をひねってよく判らぬと言う。其角の詠句はそういうことが常にあって、いちいち解き明かさねばならない。其角の脳理で火(ひ)燧石(うち)が火花を発して付木に炎が移るように、ごく自然に蓄積したものが燃え出るのであるが、それがすんなりと人に判って貰えない。面倒な説き明かしを度々するのである。

この句は、謡曲『歌占』から「万世のさえずり」を取り、『文選』の曹植(そうしょく)の三良詩「黄鳥タメニ悲鳴ス、哀シイ哉、肺肝ヲ傷(ヤブ)ル」を踏んでいる。三良とは「左伝」「詩経」にある秦(しん)の時代王に殉死した三人の良臣のこと。また芥子酢は西山宗因の「からし酢にふるは泪か桜鯛」の詠を踏み、宗因の句はまた古今集大伴黒主の「春雨のふるは涙かさくら花ちるを惜しまぬ人しなければ」を踏んでいる。だから心ある者が読めば、主君に殉死した良臣の命が散るのを惜しまぬ人はない、という意になり、身近に言えば鶯の摺餌によく似た辛子酢を呑ませるような惨めさ、とも。

「俳諧師として生きる途もあったろうに」

其角は嘆いた。ただ『焦尾琴』に入集しているのは子葉だけで、『二ッの竹』の春帆、竹平もまとめてしまったのであるが。

夏には菩提寺上行寺へ墓参の帰途、泉岳寺前を通りかの三人の俤が思い出されて花や水を供えようとしたが、まだ立入禁止であった。

松の塵

——略——泉岳寺の門さしのぞかれたるに、名高き人々の新盆にあへるとおもふより、子葉春帆竹平等が俤まのあたり来りむかへるやうに覚えて、そぞろ心頭にかゝれば花水とりてとおもへど、墓所参詣をゆるさず草の丈おひかくして、かず〳〵ならびたるもそれとだに見えねば、心こめたる事を手向草になして、亡魂聖霊ゆゝしき修羅道のくるしみを忘れよとたはぶれ侍り。——略——墓をならぶる面々其名暗からず、地獄にても馳走せらるべしとこそ。

かへらずにかのなき玉の夕べかな　　晋子

と長文の俳文を物し沾徳、貞佐らを加えて「うぐひすに」を起句とする追悼歌仙を首尾した。そこから思い付いて、これまでに書き溜めた俳文「北の窓」「いなつかの灯」「家々の名所」に併せて同じ題の歌仙を巻くことにした。そのうち版木にかける心算であるが、体調もすぐれず招かれる座や来客多く、其角のこれまでの撰集作りと比べて成立は遅々としていた。題簽は『類柑子』としようと思った。俳文と歌仙、似た果実という意である。まだ途中であるがこれも他に類をみない撰集になろうと其角は自恃があった。

明けて元禄十六年二月にはまた江戸に衝撃を与える事件が起った。

市川団十郎が舞台の上で刺し殺されたのである。木挽町市村座でのこと。「移徒（わたまし）十二段」で佐藤忠信を演じる団十郎が花道から舞台中央に位置を占め、大見得を切っているさなか俄に大雨、芝居小屋は仮普請であるから雨が漏る。楽屋から生島半六が「衣裳が濡れる」と蓑を持ってきて、団十郎に着せかけると見せて脇差の刃を突き立てた。崩折れた団十郎はそのまま息絶えたらしい。半六も取り押えられて伝馬町の牢送りとなった。

生島半六は市村座の頭取であり、人気抜群の生島新五郎と共に市村座を盛り立てた役者で実事（じつごと）や丹前役に優れていた。どんな遺恨があったのかお調べの吟味は明かされないまま一ト月半過ぎて半六は獄中で亡くなった。自裁したという噂である。

何が半六をそのような凶行に駆り立てたか。さまざまな風説が乱れ飛んだ。団十郎が半六の子をいじめたというのもあれば、女の取り合いとも囁かれる。もう千両役者となっていた団十郎は台本も書くし芝居の世界では君臨していたから、何の気なしに小言を言うのもいじめと受け取られたかも知れないし、女などより取り見取り、いちいち覚えてもいないだろう。長年の小事が積もり積もって大事に到ったか、と其角は思った。浅野内匠頭と似ている気がする。

その団十郎とはさほど親しく付き合ってはいなかったが、子息の九蔵は子供の時から絵師の朝湖こと暁雲と共に吉原へ連れ立ったこともあり、俳諧の弟子でもある。秋田の紫紅への書簡に、

このきさらぎ団十郎刃傷にうせぬ、一子九蔵俳諧のまねごと予にちなめり。かれをいたみて、

塗顔の父はながらや雉の声　　其角

とこの変事を知らせる手紙に添えた。

九蔵はこのとき十七歳、七月には山村座で団十郎を襲名。初舞台は十歳だったが立派に父の芸を継いで荒事はもとより、自分の同輩の罪を背負ったように生島新五郎が指導して、和事（わごと）、実事（じつごと）、濡れ事までこなす幅広い役者となる。其角に師事する俳諧では号を栢筵と称し、妻のお才も此の道を好み、松本幸四郎を加えて付合をよく楽しむ風流人でもあった。

年の瀬も押迫った師走二十二日、大地鳴動して家が潰れるほどの地震が起きた。其角の家は檜（ひ）皮葺（わだぶき）なので大揺れしたものの落ちはしなかったが、通町石町あたり瓦屋根の家は重味でひしゃげたり瓦が飛んだりしたと言う。江戸城の外堀の水が橋の上まで溢れたそうだ。

壊れたり傾いたりした物はあったが幸い一家無事で、一晩は庭で夜を明かしたものだ。

その後片付も途中なのに二十九日には大火事。本郷の加賀屋敷から出た火の手は師走の乾いた町を舐めて、神田明神、湯島天神まで焼き尽くしたのだった。

三月十二日改元。元禄十七年はこの日から宝永元年となった。

昨年の暮の大地震、大火と災害が続いたことから、赤穂浪士の祟りと風説が飛んだ。浪士を義士と呼んで讃える書物も出る、そうでなくても生類憐みの令で犬の為に獄に落ちたり流罪になったりと、人々の憤懣が高まっていったのだ。

人心一新のための改元である。

世の人の心はいざ知らず、宝晋斎其角としては新しい年号に「宝」の字あるのが嬉しかった。宝永は「宝祚惟永輝光日ニ新ナリ」の杜甫の詩から取られている。幕府では三月三十日に諸大名を参上させて公布した。行露公は昨年から号を冠里と改められ、その様子を誌して其角に披露された。

ことし三月正当三十日、御城に於て革命改歴の御よろこび申しあり出仕各午の上刻。

宝永の袷にかはれ米の霜　冠里

それを前置きにして其角は「改元祥吟」なる一章を誌し、これも編みつつある『類柑子』に収めるつもりである。

思えば延宝二年に十四歳で松尾桃青に入門してより天和、貞享、元禄、そして宝永と五回年号が変ったわけで、貞享も元禄も改元は旅先で知ったのだった。

俳文を主としそれに寄り添う歌仙を合わせた『類柑子』は編集中であるが、これとは別に五代の元号を俳諧師として生きた自分の足跡を、自選句で辿るのもよいではないか、と思いついた。そうだ五元集として発句を初学の頃から並べてみよう、幸い焼失した諸集も秋色やその他の門人が心がけて殆ど元通り揃えてくれたし、例年出してきた歳旦帳引付も皆揃っている。そう考えた其角は二つの撰集に打ち込み、筆を取る日々が充ち足りていた。

この年二月に丈草が亡くなり、九月にはあの向井去来が亡くなった。去来は師翁の言説を隈なく書き取っていてそれを『去来抄』と一冊に編んでおり、上板されたその冊子と共に去来の訃は届いたのだった。

——ようも書き留めたものだな。実に律儀なお人だった。

其角のことも幾つか出ている。褒貶いずれもあるが、師翁と接した月日は自分よりはるかに短いのに、ずっと綿密に親炙していたように見える。真面目なお人だった、と其角は少ない付き合いを読み返して偲んだ。

体調は一進一退だった。少し快調なときは俳諧の座に招かれて行く。するとどうしても酒になり、一杯呑めば気分が昂揚して止まらなくなる。それほど呑んだつもりはなくとも帰り道には足元が覚束なくなり、河岸を廻れば自宅と判っていて途中の秋色の家へころげこんで寝てしまうこともたびたび。周りの者の心配がうるさくて、諸方から江戸にやってくる者たちをなるべく自宅で迎え俳座を持つようにした。

冠里公の月次会には馬を仕立てて迎えられることもあった。御庭に兎が飼われていて子兎の手の中に乗るほど小さいのがお座敷に連れて来られたことがある。まるで白蓮の蕾ほどの小ささ愛らしさだったが、小兎はびっくりしたのか家来の手から跳び出して駈け廻り、硯に墨がたっぷりあった中へ足を突っ込み、兎も黒くなる、そこら中墨が跳ねかる、足跡が黒くちらばるで冠里公はご機嫌斜め、家来たちは蒼くなった。其角は、

「硯に飛入り、墨に染まるのはこの小兎、天然筆に生れついたのでしょうな」

と放言した。公は笑われて事無きを得たがその後掃除は大変だったらしい。これも「白兎公」と題して集に収めるつもりだ。

少しずつ『類柑子』も『五元集』も形が調ってきた。自分の撰集はこれが十五、十六冊めとなる。もろもろの撰集に乞われて入集したものは、数えてはいないがおよそ三百冊近くもなるだろう。それらの書を眺めてもやはり自分の撰集が他のものと異なって特色があり、面白いと自負する其角だった。『類柑子』に収める文章は「白兎公」のように洒落の軽いものもあるが、自宅の四季を描いた「北の窓」は力を入れて、江戸の市中を書いたものとしては翁の「幻住庵記」にも匹敵すると思っている。琵琶湖をのぞむ風光豊かな地とは比べものにならぬ町中の借家の景を、さまざま故事物理などそれと判らぬほどに砕いて織りこんで、裏の空地が文七という元結屋の仕事場になったことが一場の劇に仕立ててある。戯れの一句も気に入っている。

文七にふまるな庭のかたつぶり　　其角

また「家々の名所」と題した集中一番の長文も、東都と京洛の名所を比べ古今東西の故事を下敷にして力作と我ながら思う。これは高僧に成り代っての文章である。それぞれに合わせて歌仙も巻いた。

父東順の十三回忌を営み「先考十三回」として五十四句の付合を首尾。その冬には難波から斯波園女（そのめ）が江戸に移住してきて其角宅を訪れた。園女は芭蕉翁最後の歌仙となった「白菊」一巻を冒頭に『菊の塵』という大冊の撰集を上板し、三都に名を響かせての江戸住いであった。美女と評判の俤は残っていたがすでに知命の年に近く髪に白いものも見える。其角は秋色ほかの連衆を呼んで付合をした。園女は深川に居を構えて眼科医の看板をかかげ、かつ点者としてもめずらしい女人宗匠となるのである。

翌宝永三年、病身を労わりつつ俳諧三昧、暫く疎遠になっていた杉風を自宅に招いて百韻興行をしたり、宗匠立机した渭北（いほく）の万句興行に執筆役を勤めて半分は版下も書いた。この秋紀伊國屋文左衛門こと千山から見事な大輪の菊の鉢植が贈られてきた。新しい連衆も増え、中でも大坂から越して来た伊丹屋五郎右衛門は号を青流、其角より三歳若い熱心な連衆でたちまち一門の重鎮となった。この青流はのち箱根早雲寺の宗祇法師の墓前で剃髪、祇空と名告って其角亡きあと江戸座を盛りたて、「五色墨派」「四時観派」の改革運動の立役者になるのであるが、もとより其角は知る由もなくただその才を認めて頻繁に一座した。

三宅島に流罪になった暁雲は、たびたびの御赦免請願にも拘らずまだ帰ってこない。風の便りに無事に過し、島でも絵を画いているらしいがもう八年にもなる。暁雲を偲んだ百韻興行を十五人の犬一座で巻き、これを『類柑子』の巻尾とする心算だった。

十月十二日、芭蕉翁十三回忌

辰霜や鳳尾（ほうび）の印のそれよりは　　其角

園女、秋色、青流その他十人ばかりで夷講（えびすこう）に因んだ世吉（よよし）一巻を首尾。『類柑子』は来春にも上板したいと思い、その費用調達を弟子衆に頼んだ。秋田の紫紅へも便りをだす。

——略——当戸不相替（あいかわらず）侘しき手勢、火燵（こたつ）酒のこもり候而くどくいたし候酔心のみ。類柑子全編も首尾仕候。例之御巻御発句とも首尾面白く取集、快眉比事に候。右板行之品聊（いささか）不如意とも御内意かけ申候。——略——

など綿々と書き連ね、佐竹藩家老の其雫へも取成を頼んだ。版は京井筒屋へ出すつもりであった。『五元集』の方は、春夏秋冬に分けて発句を並べつつある。季題別なので十八歳の時の作の隣りについ先日の句が並ぶこともあり、余人には判らぬだろうが其角自身はその行間に流れた年月を思って感慨深い。

十一月二十二日、其角に霹靂のような悲劇が起きた。

晴れていたが土埃を巻きあげる空っ風の強い日だった。昼間から、「火の用心、火の用心」と番屋男が触れ歩く。銭湯が休み、どこの家も炭や炭団を使って薪は燃やさぬよう気を付ける。江戸の華と言われる火事は何より怖いのだ。この日朝から少し愚図っていたお三輪が縁側に出て鞠つきをし、ころげた毬を追って庭へ下りたのは一寸の間だったが、母の呼ぶ声に座敷へ戻ったときにはもう咳が止まらない。

妻に慌しく呼ばれて筆を擱いた其角は、

「こんな風の吹きすさぶ日に、何で外へ出したのだ」

と叱りながら、部屋を温うして飴湯を呑ませろ、火鉢に鍋をかけて湯気を立てろ、葱を焼けと命じ、咳止め薬を調合して煎じた。小さな子が顔を真っ赤にして息も出来ず咳込んでいるのは痛々しくて目も当てられない。

飴湯を急きこんで呑みかけた三輪は、自分の咳に咽喉をふさがれて息絶えてしまったのであった。

其角は茫然とした。三輪を抱いて背をさすっていた妻は暫く気付かず、咳が止まったと喜んで三輪の顔をのぞき、事の次第が判ると気を失ってしまった。十一になった長女のさちは、わけが

わからず、

「おつかさま、みぃわちゃん」

と泣き声をあげている。

それからの数日を其角は悪い夢でも見ているように現つなく過した。「妙身童女」となった三輪の亡骸を上行寺の父母の傍らに葬ったことも、有り得ない別の世のことに思える。

　妙身童女を葬りて
霜の鶴土にふとんも被されず

一昨年になるが「ひなひく鳥」と題して、

さちは姉いもうとを三輪と名告く、——略——三輪はことしふたつに成ぬ。あねよりは物しづかにむまれつきたるをいみじとかしづく。——略——あした夕べに心得たる寝顔つく〳〵とうちまもれば、ほゝわらふ時あり、うぶすなのすかしたまふ也と、凡ソ煩悩のきづなとはおもへど、田舎世界のゐびす等あまの子の賤しきまでも宝とめでたり。

漸く覚束なく歩み出したのを人々が見て、可愛いい可愛いいと囃したことも、親馬鹿と思いつつ誌しているのが、また新しい涙を誘った。悔みに来る人々との応対も鬱陶しい。

激しい咳を伴う風邪が流行(はや)っているそうで、町内でも亡くなった幼児や年寄がいるそうだ。流行病いなら仕方ないと慰めるつもりの言葉も腹立たしい。今頃はきっと蓮の台に乗って観音菩薩に慈しまれておられますよ、と門人の僧が心を籠めて言ってくれても、掌中の玉を喪(うしな)った淋しさが埋められるものでもない。死生は老幼不定と頭では判っているが、月の夜には「あれはののさま」と指したいじらしい俤、雪の朝にはふくら雀にちょっちょっと舌を鳴らしていた様子、覚束なく箸を操っていた飯時などの容子がありありと目に浮かぶ。

其角は酒に溺れた。家では妻が、少しの間に外に出したのを自ら責めて気鬱になっているし、おきゃんだったさちも咳が出て大事にはいたらなかったもののしょぼんとして寝ている。無理にも外出(そとで)をして俳諧の座に連なり、そう多く呑んだとも思えないのに酔いが廻って秋色の家まで辿り着くのがやっと。二、三日家に帰らないこともあった。

ある夜、また前後不覚に近い有様で秋色の家にころげこんだ其角は、

「ああ、重たい。これは秋色にやるぞ」

と包みを投げだした。包みには常用の筆を巻いたのと「半面美人」の琴形の印と五字、三字、二字、の印が入っていて、宗匠点の大事な道具であるが、それさえも今の其角には重たく無用のような気がした。

「ま、おっしょさま、こんな大事なものを。いえ、お預かりしておきますが、もう少しお躰をお

いとい下さらねば」

寒玉も酒を控えてと言葉を添えるが、其角はもう聞く耳持たなかった。無性に咽喉が乾く。心も涸く。酒の他にこの渇きを満たすものがないのだ。

年が明けても歳旦帳を作る気がしない。人の引付に一句添えただけで年頭の句を詠まぬ年は初めてだった。足がむくみ、寒い日が続いて床に伏して日々をやり過す。

二月二十三日、青流がやって来て両吟でもと言う。大分春めいて梅も咲き日盛りは暖かだが朝夕はまだ風が冷たく、其角は火燵を離れないでいた。付合に誘われて断ったことのない其角は、うんと言って筆硯を手に取った。

鶯の暁寒しきり〴〵す　其角
筧の野老髭むすぶ伬　同

両吟の時、時間を節約するために二句ずつ付ける。其角の発句は鶯の初音も聞えるけれど暁はまだ寒く、自分は秋の終りのきりぎりす同然、という心境。筧に芋の蔓が伸びてもそのままである物憂さを脇とした。

若草に普請の御諚成やらん　青流

浅黄しらべの匂ひかくれて　　同
月も経ぬひかり拵(こしら)へはづかしき　　其角
風のかけたる留の番呼ぶ　　青流
雁の道大草臥(くたびれ)に立ちやらで　　其角
涙さま〴〵剃はそったが　　青流
こりずまのまた水にあふ九条島　　其角

何か不景気な付句ばかりでてくるな、と思いつつ筆がぽろりと落ちる。書きながらうとうと眠りそうでもある。青流が気遣わしげに言う。

「これまでに致しましょうか。お寝(やす)みになられた方がよろしいのでは」

「ううむ、儂は水難ではなくて、水は水でも酒難の方だな」

「判っておられるのに、なぜ」

まだ入門して日の浅い青流は言い淀んだ。其角が酒の意見なぞ聞き飽きているのは知っている。九条島の句は、竜渓禅師が九条島で水難に身まかられた故事を引いている。これが其角の最後の詠となるのだった。

筆墨を片付けたり妻と挨拶を交しているらしい音を遠い潮騒のように聞きながら、其角はことんと眠りに落ちた。それは眠りというより昏睡であった。

それから数日、覚めたり眠ったりの夢現つの中に其角はいた。枕辺に母が坐っている、と驚いて目覚めるとそれは妹だった。早くに夫を病で亡くした妹は、一人娘に婿を迎えて気楽な隠居の身分であるから、兄の看取りに来たものらしい。

「兄さま、お目が覚めましたか。今日は鯛を持って来たのですよ、少しはご膳召さないと治るものも治りませんよ」

「う、あ、お前、母上に似てきたな、母者と思うて目が覚めた」

「母さまの夢でも見ていらしたのでは」

そう言えば母の夢だった。遅く帰る自分を寝ずに待っていてくれた。何か句を詠んだような気がする。

恒例の冠里公からの桜が届いて、大甕に活けたのを障子を開け放して寝床から眺めた。

「さまざまの事思い出す桜かな」と、師翁の句が頭に浮かぶ。桜花の句は発句、付合ともに何百も詠んだのに、口をついて出るのはやはり芭蕉翁の句。

芭蕉なき後に芭蕉は生れなかった、其角亡きあとにも其角は生れぬだろう。枕元に『類柑子』『五元集』の草稿を置いて、其角は平知盛(たいらのとももり)をもじって言えば、為すべきほどは為しつと思った。悔いは無いのだった。

妹の心尽しの鯛の吸物は美味(うま)かったが、あまり咽喉を通らない。一陣の風が吹いて花がはらはらと散る。花びらが雪のようにと眺めているうちに眠りに落ちた。夢の中でも花が散っているようでもある。つむった眼の裡が暗くなって花びらはくろずみ、仮名文字や漢字のかたちに飛び廻りはじめた。その奥から声が湧き、たくさんの顔に変ってゆく。あれは誰だったか、白い靄の中で水の流れる音がして船の上のように揺れている。靄の向うに片頬をふっと笑みかけた顔がぼんやりと見える。「くるか」と声がしたような。「はい」と答えたような。ああ、なつかしい、と思って其角は白濁した闇の中に沈んだ。

宝永四年如月晦日　宝晋斎其角永眠。享年四十七歳。

あとがき

夢と成し骸骨踊る荻の声

この斬新でシュールな発句は、延宝八年（一六八〇年）刊『田舎之句合』に初出、其角十八歳頃の作です。他に幾つも例を挙げることは出来ますが、この一句だけを見てもいかに其角が早熟の天才であったか、が判ります。

其角を書くことになって、大部の『宝井其角全集』全五冊をつぶさに読み、何度吐息をついたことでしょうか。

数多の発句はもとより、尨大な連句作品、散文作品の多彩多様、学識の広深、斬新異端。大名旗本学者医者僧侶、商人遊女尼僧役者から果ては乞食に到るまでの交流の広さ、興趣ある挿話のかずかずと、とても一冊にまとめ切れるものではないと思われました。

自身の浅学非才を嘆きつつも、其角の十四歳の芭蕉入門から四十七歳の命終に到るまでを、一応史実に添いつつ虚実綯い交ぜにして私なりにまとめたものが本書です。

近世俳諧に芭蕉と其角という二人の天才が出現したことは、後世の俳諧を学ぶ者にとって仕合せなことでした。其角は、向井去来や森川許六から「蕉風に非ず」と批判されましたが、芭蕉歿後も年忌を欠かさず師として慕っている文章が多く見られます。しかし其角は芭蕉のエピゴーネンとはならず独自の世界を切り拓いて濶歩していた感があります。その其角の新しさを一番理解していたのはやはり芭蕉でした。

何より早すぎる死が惜しまれます。其角の発句評釈は先学碩学のすぐれた著書がありますが、連句、散文は殆ど評釈されておらず、特色ある編著も広く知られていないのは残念なことです。いささかでも其角の紹介に役立てば嬉しくありがたく思います。

本書は、松濤軒小林静司氏の熱意ある慫慂(しょうよう)によって微力を尽したものです。氏は、松代藩真田幸弘公由来の伝統ある号を継がれ、俳諧連句の復興発展のために尠からぬ私財を投じていられます。

また、NPO法人「俳句&連句と其角」の会代表二上貴夫氏には資料をお借りし、氏が発行されている機関誌『詩あきんど』のタイトルを本書に使うことをご諒承頂きました。其角の全仕事を見るにこれ以上言い得るタイトルはないのでした。

連句協会の理事であり、私が水先案内人をしている俳諧誌『解纜』の編集人でもある渡辺祐子さんには、図書館での資料収集、版下の作成、校正とひとかたならぬご助力を頂きました。三人の方に深く感謝いたします。

幻戯書房の代表田尻勉氏、編集者名嘉真春紀氏、装幀家真田幸治氏には、前著『江戸おんな歳時記』に引き続きお世話になりました。

ありがとうございました。

別所真紀子

平成二十八年夏至

参考資料

石川八朗・今泉準一・鈴木勝忠・波平八郎・古相正美共編『宝井其角全集』（勉誠社）
『芭蕉全集』（日本名著全集刊行會）
『俳文俳句集』（同右）
『三田村鳶魚全集』（中央公論社）
今泉準一『其角と芭蕉と』（春秋社）
復本一郎『芭蕉の弟子たち』（雄山閣）
柴田宵曲『蕉門の人々』（岩波文庫）
中里富美雄『芭蕉の門人たち』（渓声出版）
中野三敏『江戸名物評判記案内』（岩波新書）
堀切実編註『蕉門名家句選』（岩波文庫）
竹内玄玄一著・雲英末雄校注『俳家奇人談・続俳家奇人談』（岩波文庫）
『其角生誕三五〇年記念集』及び『平成石などり』（其角座継承會）
冊子『詩あきんど』（ＮＰＯ法人「俳句＆連句と其角」の会）
その他。

口絵：一頁目右　其角筆「時鳥」句短冊（公益財団法人柿衞文庫蔵）
　　　一頁目左　其角筆「小坊主や」句短冊（雲母末雄コレクション・早稲田大学図書館蔵）
　　　二頁目　　其角像（富士山上行寺蔵）

装幀：真田幸治
装画：岩佐源兵衛勝重「群鶴図」（福井県立美術館蔵）
　　　寛文十一（一六七一）年頃　（各）170・0×357・0cm
　　　紙本金地着色、六曲一双

装画について――岩佐源兵衛勝重は江戸初期の画人で、岩佐又兵衛の嫡男として生まれる。父に学び、その跡を継いで岩佐派の二代目となる。また福井藩御用絵師にもなり、福井を中心に活躍したと考えられる。現状は屏風となっているが、もとは寛文十一年に再建された福井城本丸御殿の一室「鶴之間」の襖絵であり、金地にさまざまな姿態の真鶴を生き生きと描いている。また花鳥図という岩佐派になじみの薄い画題を巧みに描きこなしている点は、又兵衛以後の岩佐派における新たな傾向として注目される。本作は勝重の代表作であり、当時の岩佐派の水準と活動が具体的に知られる資料として、かつ福井城障壁画の稀少な遺例として貴重である。

（戸田浩之・福井県立美術館主任学芸員）

別所真紀子（べっしょ・まきこ）一九三四年、島根県生まれ。
詩人・作家。連句誌「解纜」主宰。著書として評論に『芭蕉に
ひらかれた俳諧の女性史』（長谷川如是閑賞入賞論文所収）、『言
葉を手にした市井の女たち』、『共生の文学　別所真紀子俳諧評
論集』、『江戸おんな歳時記』（小社刊。読売文学賞随筆・紀行賞
受賞）、小説に『雪はことしも』（表題作で歴史文学賞）、『つら
つら椿　浜藻歌仙帖』（町田文化賞）、『芭蕉経帷子』、『残る蛍
浜藻歌仙帖』、『古松新濤　昭和の俳諧師清水瓢左』、『数ならぬ
身とな思ひそ　寿貞と芭蕉』、ほかに詩集四冊、童話などがある。

詩あきんど　其角

二〇一六年八月十一日　第一刷発行

著　者　別所真紀子

発行者　田尻　勉

発行所　幻戯書房
郵便番号一〇一－〇〇五二
東京都千代田区神田小川町三－十二
岩崎ビル二階
電　話　〇三（五二八三）三九三四
ＦＡＸ　〇三（五二八三）三九三五
ＵＲＬ　http://www.genki-shobou.co.jp/

印刷・製本　中央精版印刷

ISBN978-4-86488-104-3　C0093

江戸おんな歳時記

別所真紀子

「男性上位の旧時代、こんなに多くの女性が、こんなに個性豊かな俳句を作ったとは」（高橋睦郎氏）。埋もれた江戸期の女性俳句を有名・無名問わず全国から渉猟、四季別に精選し紹介する、画期的俳句案内。**読売文学賞随筆・紀行賞受賞**。

四六判／二三〇〇円

愛の棘
島尾ミホエッセイ集

島尾ミホ

戦が迫る島での恋、結婚と試煉、そして再び奄美へ——戦後日本文学史上もっとも激しく〝愛〟を深めた夫婦の、妻による回想。南島の言葉ゆたかに夫・敏雄との記憶を甦らせる第二エッセイ集。『海辺の生と死』以降の、初書籍化となる作品を集成。

四六判上製／二八〇〇円

マジカル・ヒストリー・ツアー

ミステリと美術で読む近代

門井慶喜

『時の娘』『薔薇の名前』『わたしの名は赤』などの名作をとおして、小説・宗教・美術が交差する「近代の謎」を読み解く。『東京帝大叡古教授』『家康、江戸を建てる』などで注目の作家による、歴史ミステリ講義。書き下ろし。

日本推理作家協会賞（評論その他部門）受賞。

四六判／二二〇〇円

線で読み解く日本の名画

安村敏信

日本絵画の要諦は線にあり！　モノをカタチづくる輪郭線と、画家たちはいかに格闘してきたのか——奈良時代の墨絵から浮世絵、近代画まで、日本絵画の歴史一二〇〇年を新しい視点で読み返す美術案内。英一蝶「吉原風俗図巻」ほか82点の図版を掲載。

四六判／三〇〇〇円